FOLIO POLICIER

Philip McLaren

Tueur d'Aborigènes

Une enquête de la brigade aborigène

Traduit de l'anglais (Australie)
par François Thomazeau

Gallimard

Titre original :

SCREAM BLACK MURDER

Philip McLaren, soixante ans, issu du peuple Kamilaroi, a publié quatre romans qui ont tous été récompensés en Australie par les prix littéraires les plus prestigieux. Il est également, avec *Tueur d'Aborigènes*, le premier auteur aborigène de polar à être publié en France.

CHAPITRE 1

La chair humaine se décompose cinq fois plus lentement lorsqu'elle est mouillée. La pluie avait commencé à tomber à deux heures du matin : à trois heures, les corps nus qui gisaient dans la rigole à ciel ouvert le long de la voie ferrée étaient à demi recouverts par un ruissellement torrentiel.

De longs éclairs bleus strièrent la nuit. Derrière eux des queues de comètes blanches crépitèrent et grondèrent le long des câbles électriques tendus au-dessus de la scène. Le premier train de passagers des Chemins de fer de l'État était à l'heure, en dépit de l'averse. Ses phares, blancs, illuminèrent les lieux alors qu'il négociait le long virage au sortir de la gare de Redfern. Les gyrophares de la police attirèrent les regards des passagers derrière les vitres des wagons qui accéléraient doucement.

La chaleur accablante de la Saint-Sylvestre avait continué toute la nuit et la pluie redoublait, inlassablement.

Toute la communauté aborigène d'Eveleigh

Street s'était rassemblée sur le terrain de jeux au sommet de la pente raide qui descendait vers les voies. Ils se tenaient serrés sous des parapluies, des imperméables ou de grandes bâches de plastique orange. Deux policiers empêchaient la foule de s'approcher, tout en faisant signe aux automobilistes curieux, qui ralentissaient au passage, d'accélérer la cadence.

Une voiture banalisée de couleur verte, une balise rouge sur la plage avant, s'engagea dans le chemin et vint s'arrêter aux côtés de quatre autres voitures de police sur un terre-plein envahi par les herbes. Gary Leslie et Lisa Fuller — la toute nouvelle Brigade criminelle aborigène de la police des Nouvelles-Galles du Sud au grand complet — sortirent précautionneusement du véhicule et se risquèrent sous la pluie battante. Un jeune officier de police au teint livide vint à leur rencontre, de longs filets d'eau courant le long de sa capeline bleu marine.

— C'est vous Leslie ? cria-t-il, afin que sa voix couvre le bruit du train.

— Ouais, acquiesça Gary d'un signe de tête.

— Un spectacle vraiment répugnant. Ils sont juste en dessous de la voie.

Son regard se posa sur la jeune femme.

— Vous êtes avec lui ?

— Je suis le détective Fuller. Oui, nous sommes ensemble, répondit-elle, plissant ses lèvres fardées d'orange en un rictus.

— Désolé. Descendez jusqu'à la barrière au bout du parc. C'est plus facile d'accès par là, reprit-il.

Et puis il les laissa, se hâtant d'aller faire circuler les nouveaux curieux qui venaient se joindre aux morbides amateurs de sensations fortes qui s'étaient avancés avec l'espoir d'apercevoir les cadavres.

Une corde avait été tendue en guise de rampe pour permettre de descendre le long de la pente herbeuse. Lisa s'y accrocha fermement en attaquant l'abrupte déclivité qui conduisait à la rigole. À mi-pente, ses doigts lâchèrent prise sur le chanvre humide. Elle s'y rattrapa des deux mains et reprit solidement pied sur le sol glissant avant de continuer sa progression.

Gary suivait, cherchant à voir ce qui gisait en contrebas au centre du cercle de policiers. Lorsqu'il aperçut enfin les corps sans vie à la peau sombre, les muscles de sa nuque se crispèrent. Il frissonna et se raidit. Ses terminaisons nerveuses furent agitées de petits spasmes.

L'un des enquêteurs leva les yeux en voyant Gary et Lisa approcher. Il donna un coup de coude à un autre homme en civil qui se tenait près de lui. Tous les deux pataugèrent dans une mare d'eau afin de venir à leur rencontre en bas de la côte.

— Il était grand temps que vous arriviez, lança abruptement le plus grand des deux, le capitaine Alan Jackson.

— Bonne année à vous aussi, capitaine, répliqua Gary.

— Nous sommes venus tout de suite, enchaîna Lisa.

— Qu'est-ce qui s'est passé ? la coupa Gary.

— Deux Aborigènes. Un homme et une femme… nus. Il a reçu deux balles dans la tête. Il n'y a aucune cause apparente à la mort de la femme. C'est à peu près tout ce que je peux vous dire.

— On a rien retrouvé, pas d'armes ? demanda Lisa.

— Rien, répliqua Jackson.

Un long silence s'installa pendant que Gary et Lisa détaillaient les lieux. Jackson piétinait en signe d'impatience et, finalement, annonça :

— Bon, eh bien nous, on a fini. Ils sont à vous. On va laisser deux officiers pour refouler les curieux et deux autres ici en bas. Vous en aurez pour longtemps ?

— Je ne sais pas, répondit Gary, fronçant les sourcils.

— Ça ne devrait pas vous prendre plus de deux heures pour… je veux dire, les évacuer.

Ils s'interrompirent. Lisa contempla Gary et haussa les sourcils.

— OK, d'accord, deux heures…

Jackson était mal à l'aise, mais il reprit.

— Vous avez la radio et le téléphone, je présume ? demanda-t-il en tournant les talons.

— Oui, capitaine, rétorqua Gary, son regard à nouveau attiré par les corps allongés dans le torrent d'eau qui dévalait de la rigole.

— N'oubliez pas, soyez minutieux. Tout va bien se passer si vous faites bien attention… si vous êtes minutieux, reprit Jackson.

Pataugeant dans une flaque, il passa devant

Lisa, se tourna vers Gary et le fixa droit dans les yeux.

— Ils sont à vous…

Gary étudia les traits du solide policier alors que l'eau dégoulinait de son couvre-chef. Le visage émacié du capitaine révélait des rides creusées profondément par de trop longues années passées dans un service en sous-effectif chronique. Il avait vu beaucoup de morts et de misère humaine. Des hommes, des femmes, des jeunes et des vieux. Des Blancs et des Noirs. Des enfants.

— Oui capitaine, répondit Gary, sérieux comme un pape.

Un signe évident de soulagement parcourut le visage de Jackson alors qu'il se détournait. Il s'était déchargé de toute responsabilité. Il obliqua et se hissa maladroitement le long de la corde, gravit la pente et gagna le terre-plein avant de disparaître.

— Deux heures ? pesta Lisa.

— Ne fais pas attention à ça, répondit Gary, en prenant la direction des opérations. On va faire ça à notre rythme.

Une fois Jackson, l'officier chargé de l'affaire, parti, Gary était le plus haut gradé, puisqu'il avait été nommé deux semaines avant Lisa.

Il se rendit auprès des corps, s'agenouilla et effleura le côté de la tête de la jeune femme du dos de la main. La froideur de la mort gagna ses doigts et monta le long de son bras jusqu'à sa poitrine. Jadis belle et vivante, elle gisait à présent sur le ventre, la tête sur le côté, ses longs cheveux glissant vers le ruisseau, ses lèvres d'un bleu sombre. Sa langue avait gonflé et sortait de sa bouche d'une façon un peu grotesque. Elle avait pris une couleur mauve et cramoisie. Ses yeux marron étaient grands ouverts, avaient gonflé eux aussi et débordaient des orbites. Sa peau était incroyablement ridée par cette longue immersion. La tête et le bras droit de la morte se balançaient au rythme du courant. Une scène irréelle.

Une inspection superficielle du corps ne révélait aucun indice qui eût pu expliquer le décès. Gary regarda Lisa qui s'approchait et écartait doucement la chevelure de la jeune femme à l'aide d'un stylo. Tous deux cherchaient une marque, un signe, n'importe quoi.

Le mort était étendu à un bon mètre de la femme. Il reposait sur le dos, nu, le côté gauche de son crâne traversé par au moins deux balles, qui étaient entrées près de l'oreille. Ses jambes étaient croisées en une pose inconfortable. Il avait dû rouler et achever sa course dans cette étrange posture. Gary observa la pente qui montait au terrain de jeux et s'approcha des deux policiers en tenue. Ils le regardaient en silence tandis qu'il passait la zone en revue, plongé dans ses pensées. De son côté, Lisa s'agenouilla près du corps de l'homme.

— Ça fait combien de temps que vous êtes là ? demanda Gary.

— Un peu plus d'une demi-heure, répondit l'un des deux hommes.

— Vous vous appelez ?

— Ferguson, et lui c'est Humphreys, répondit l'agent en désignant son équipier.

— Bien, OK, Ferguson, appelez le commissariat le plus proche. Demandez-leur d'envoyer un médecin légiste et la police scientifique.

Gary regarda à nouveau vers la pente.

— Et Police Secours pour remonter les corps. En attendant si vous pouviez me faire un petit barrage qui détournera l'eau des corps, ce serait bien…

— Bien, répondit Ferguson.

— Je vais appeler le poste de police, enchaîna Humphreys.

Ferguson explora les alentours à la recherche de matériaux pour ériger une petite digue et traîna le long de la rigole en ramassant des pierres et des briques.

— Je sais que ça ne va pas leur plaire, mais il nous faudrait des renforts pour fouiller le coin rapidement, et il faudrait aussi interroger les gens des alentours pour savoir s'ils ont vu ou entendu quelque chose, intervint Lisa. On ira pas assez vite tous seuls. On pourrait laisser passer des pièces à conviction essentielles. Déjà que la pluie ne nous a pas laissé beaucoup de traces…

— Je vais demander des renforts, trancha Gary.

Il sortit un téléphone portable de la poche intérieure de son pardessus.

Tout le monde s'attendait à ce que la première enquête de la Brigade criminelle aborigène donne lieu à une intense pression médiatique. La police avait lancé ce nouveau service avec réticence, sous la pression répétée du Service juridique aborigène. Ils avaient fait remarquer que trop de meurtres d'Aborigènes n'étaient jamais élucidés. Ils avaient estimé que le manque d'intérêt de la police et des autorités était patent et constituait une évidente preuve de racisme. Les organisations humanitaires et Amnesty International en avaient rajouté. La pression était encore montée après le décès d'Aborigènes au cours d'interrogatoires de police et avait atteint son point culminant avec le meurtre de David Cundy. Aussi la constitution de la Brigade, cinq mois plus tard, avait été accueillie fraîchement par la Brigade criminelle en place, dirigée par Alan Jackson.

Gary et Lisa avaient été appelés à se joindre à une cinquantaine de policiers aborigènes triés sur le volet, venus de tous les coins d'Australie, et dont seulement deux devaient être retenus. Ils avaient reçu une formation de trois mois à l'académie de police. Lisa avait été reçue une semaine avant Noël. Gary trois semaines plus tôt. Le Nouvel An était là, et aujourd'hui, premier janvier, ils attaquaient leur première enquête pour meurtre. Ils avaient bien conscience qu'ils ne pouvaient s'attendre à une grande coopération de la part des autres enquêteurs de leur section. La brigade se sentait menacée. On les avait déjà accusés de racisme et voir la Brigade aborigène réussir à leurs dépens n'était pas une perspective qu'ils entendaient cautionner.

La foule dans l'aire de jeux au-dessus de la voie ferrée avait augmenté considérablement et gagnait du terrain malgré la présence des deux agents de service. Les gens s'égaillaient jusqu'au bord du talus, d'où ils pouvaient parfaitement apercevoir les cadavres.

Vingt minutes après l'appel d'Humphreys, une vaste tente de plastique bleue, barrée du logo de la police, fut enfin érigée au-dessus des corps. Un éclairage vif fut mis en place, branché au secteur d'une maison voisine, et le ruisseau d'eau de pluie fut détourné des corps. Le coroner, son légiste et une équipe de trois policiers scientifiques s'affairaient tandis que quatorze policiers en tenue bravaient la pluie battante, évitaient les trains lancés à pleine vitesse pour passer au peigne fin un périmètre d'une centaine de mètres, tout autour des cadavres. Six autres agents avaient commencé à frapper aux portes. Deux photographes, l'un de la police l'autre du Parquet, prenaient des clichés sous tous les angles.

Son travail terminé, le coroner se redressa et remonta la côte, en grande discussion avec son adjoint. Deux hommes en blouse blanche s'approchèrent de Lisa qui se tenait à proximité des cadavres, songeuse, plongée dans ses pensées.

— On peut les emporter, maintenant ? demanda doucement l'un des deux hommes.

— Attendez juste une petite minute, répondit-elle.

Elle se porta aux côtés de Gary, affairé à se rouler une cigarette. Il leva les yeux quand elle fut près de lui.

— Trop mouillé. Le papier est trempé.

— Tiens, prends-en une, lança-t-elle, sortant un paquet de son sac. Ils veulent emporter les corps. Qu'est-ce que tu en penses ? demanda-t-elle.

Gary tirait sur sa cigarette avec avidité.

— Je pense que ça ira. Bon sang, j'espère qu'on a rien oublié.

— On peut leur demander d'attendre un peu, si tu veux.

— Non, ça devrait aller. On a des vidéos et des photos sous tous les angles, se rassura-t-il.

— Et nos mémoires.

— Ouais. Qu'on les emmène.

Gary conduisait doucement derrière la camionnette du coroner. Elle tourna dans une allée et s'immobilisa devant l'entrée de service de la morgue des Nouvelles-Galles du Sud. On fit glisser un rideau métallique qui ouvrait sur la zone de livraisons. La camionnette s'y engagea.

Gary descendit de voiture. Il se tourna vers Lisa.

— Reste ici, j'y vais.

Il se hâta sous la pluie et entra dans le bâtiment. Deux hommes soulevaient les sacs plastiques contenant les dépouilles. Les sacs étaient clos hermétiquement par des fermetures Éclair. On dirait mon sac de couchage, pensa Gary. Il aperçut le mouvement d'un bras sous le plastique alors qu'un des sacs était hissé sur un brancard en acier posé sur un chariot. Il suivit le mouvement lorsque le chariot fut poussé vers la réception. Les employés de la morgue s'occupaient déjà de trois corps lorsqu'ils entrèrent. Six policiers attendaient tandis qu'un registre contenant les renseignements sur les morts était rempli à la va-vite.

— Je peux me garer où, demanda Gary à un petit moustachu qui avait l'air d'être le responsable des lieux.

— Vous autres, vous devez vous mettre devant, répondit l'homme, en lui indiquant le chemin d'un geste de la main.

L'odeur qui montait de ces salles carrelées était de celles que Gary n'oublierait jamais. L'arôme âcre s'insinuait jusqu'au fond de sa gorge. Au bord du malaise, il repoussa ce fumet distinctif de la chair humaine en décomposition, une odeur qui ne ressemblait à aucune autre.

Lisa se pencha et vit Gary qui sortait de la morgue en courant. Le moteur de la vieille voiture de service ronronnait irrégulièrement et les balais d'essuie-glaces crissaient de droite à gauche.

Le temps de se garer et de retrouver leur chemin le long des larges couloirs jusqu'au la zone de livraison et au petit moustachu, il ne restait que les corps du couple aborigène.

Le petit moustachu travaillait vite et bien.

— Vous avez rempli le formulaire P79A ? demanda-t-il, sans lever les yeux.

Avec l'aide d'une assistante, il souleva les sacs bleus posés sur le chariot. Ils placèrent le plus léger des deux sur une balance.

— Cent trente-cinq livres, lança-t-il à son assistante, qui inscrivit le poids sur le registre.

— Non, nous n'avons encore rien rempli.

— Pas de problème.

Ils placèrent le deuxième corps sur la balance et se reculèrent à nouveau.

— Cent soixante-douze, annonça-t-il, et elle marqua à nouveau le chiffre dans le cahier.

— On vous l'envoie dès qu'on l'aura rempli, promit Lisa.

— Aujourd'hui ?

— Aujourd'hui.

Lisa avait pris un ton ferme. Assuré.

— OK. Je vais vous faire signer ici et vous pourrez y aller. Je m'appelle Colin Richards et voici Pam Dundas.

Gary et Lisa se présentèrent à leur tour et Richards reprit :

— On s'occupera d'eux cet après-midi. Vers deux heures, je pense. On n'en a rentré que quatorze ce matin, mais la nuit dernière a été agitée. On en a reçu trente-deux. De toute façon, on devrait pouvoir s'occuper des vôtres dans la journée. Ça ira ? Dès que vous m'aurez fait passer les formulaires.

Après un long silence, il leva les yeux et comprit qu'il avait affaire à des bleus.

— Nouveaux, c'est ça ?

— Ouais, admit Gary.

Lisa opina.

— Vous en faites pas, on est là pour aider et on se débrouille pas trop mal, je crois…

Lisa et Gary quittèrent la morgue. Ils restèrent sans dire grand-chose. Les détails morbides de la journée tournoyaient dans leur tête et éclipsaient tout le reste. Au bout d'un moment, Lisa éteignit la radio de la police et alluma la radio de Monsieur tout le monde. De la country envahit l'habitacle. Une voix de femme, enjouée, racontait comment elle avait perdu son homme avant de le retrouver, tout ça en stéréo. Les guitares couinaient et un balai métallique caressait la caisse claire. Les images de la matinée allaient et venaient dans leur esprit. Lisa éteignit la radio. Gary comprenait ce qu'elle pensait. Il se concentra sur sa conduite et chacun resta plongé en silence dans ses propres pensées.

La pluie avait enfin cessé. Des nuages gris et renflés s'enfuyaient vers l'horizon. La température grimpa de cinq degrés en aussi peu de temps qu'il en fallut au soleil estival pour illuminer le ciel d'un bleu éclatant qui annonçait une année nouvelle.

CHAPITRE 2

Lisa arriva tôt à la maison. Alby, son époux, rentrait généralement vers sept heures de son travail en ville. Elle s'assit nerveusement à la table de la salle à manger. Enfin seule, elle pouvait réfléchir à cette pression qu'on leur imposait, à Gary et à elle. Ils étaient convenus avec le sergent de service de ne travailler qu'une demi-journée afin de pouvoir assister à l'autopsie dans l'après-midi. Elle resta assise de longues minutes, le soleil inondant la pièce à travers la fenêtre, se demandant ce qu'elle pourrait bien préparer pour le déjeuner. Aucune idée ne lui vint.

En tant qu'Aborigène et en tant que femme élevée dans une société strictement européenne, dominée par les hommes, Lisa avait repéré très vite tous les obstacles érigés devant elle, mais en vieillissant, elle était devenue plus déterminée que jamais à surmonter ces préjugés placés sur son chemin. Elle se raccrochait chèrement à sa culture aborigène et, parce qu'elle ne connaissait rien de sa famille et de son clan, se sentait spoliée d'un lien culturel vital avec son langage et avec sa terre.

Elle souhaitait aider son peuple, mais elle restait frustrée, impuissante. Dans tous les domaines où elle pensait pouvoir se rendre utile, les problèmes paraissaient insurmontables. Elle voyait bien, par exemple, que les services de santé pour les Aborigènes devaient absolument être réformés. Il fallait revoir la manière dont les soins étaient prodigués et, par-dessus tout, il était évident qu'il fallait augmenter le budget ridicule qui y était alloué. Que pouvait-elle bien y faire ?

Quand elle avait appris qu'il était possible de mettre les mains à la pâte dans la police, l'idée lui avait plu.

Lisa savourait la chaleur prodiguée par les rayons à travers la vitre. Elle lui rappelait celle du soleil hivernal sur ses bras lorsque, petite fille, elle jouait avec sa vieille poupée de chiffons. D'ordinaire, elle s'amusait derrière dans la cour, devant sur la véranda ou dans sa chambre, mais le jour où la grosse berline noire était arrivée, elle jouait sur le trottoir devant chez elle. Elle ne remarqua absolument pas la voiture, sa poupée était tellement plus importante, jusqu'à ce que le reflet du soleil renvoyé par les chromes abondants de la carrosserie vienne se ficher dans ses yeux, l'obligeant à tourner la tête.

Deux hommes étaient arrivés et sa mère était venue en hâte à leur rencontre au moment où ils poussaient le portail. Ils lui remirent des papiers, qu'elle parcourut. Lisa perçut tout de suite la nervosité de sa mère. Elle haussa le ton, s'emporta. Lisa se tenait là, terrorisée.

Sa mère se tourna vers elle, le visage déformé par la peur.

— Cours, Lisa, cours ! Passe par-derrière. Va chez Tatie Joyce, cria-t-elle.

Et elle fit barrage aux deux hommes pour ne pas qu'ils l'attrapent. Mais ils la repoussèrent sans peine.

Lisa se rendit compte qu'ils étaient là pour elle et obéit. Sans bien comprendre ce qui se passait, elle laissa tomber sa poupée et se mit à courir. Son petit corps de cinq ans, poussé par l'adrénaline, se rua à travers les herbes hautes de la cour. Elle se glissa par un petit trou dans la barrière en bois et continua sa course au travers d'un pré à vaches qui jouxtait la maison. Elle fila jusqu'aux abords de la maison en préfabriqué de Madame Watson, allongeant sa foulée pour traverser la pelouse de devant. Au moment d'atteindre le portail, elle paniqua, apercevant la voiture qui s'arrêtait devant elle dans un grincement de freins. Elle apprit plus tard qu'il s'agissait de policiers en civil. L'un d'entre eux la poursuivit, jeta ses bras autour d'elle et l'arracha au sol. Il la força à monter à l'arrière et se glissa à ses côtés. La voiture accéléra et disparut le long de la rue en terre battue.

Lisa se mit à sangloter. De grosses larmes couraient le long de ses joues rougies. Elle n'avait aucune idée de la raison pour laquelle ces hommes l'enlevaient. Qu'avait-elle fait de mal ?

Alors qu'ils progressaient sur la route défoncée, Lisa aperçut sa mère qui arrivait en courant au coin de la rue. Elle pleurait, hurlait et agitait les bras pour que la voiture s'arrête. Elle les percuta presque lorsqu'elle se jeta sur la voie. L'auto rutilante esquissa un large S dans le gravier rouge avant de reprendre le contrôle dans le bas-côté.

— Mon Dieu ! s'écria le chauffeur. C'est passé près.

Il braqua des deux mains et ramena la voiture sur la route.

Lisa n'oublierait jamais l'image obsédante du visage de sa mère décomposé par la douleur. Une enfant de cinq ans ne peut pas comprendre qu'elle ne reverra jamais sa maman.

Un sandwich aux tomates grillées avec beaucoup de beurre et un verre de lait. Voilà ce qu'elle prendrait pour déjeuner. On lui demandait souvent pourquoi elle était devenue flic. En même temps qu'un moyen de mettre les mains dans le cambouis, son engagement avait été motivé par le grand nombre de décès inexpliqués de Noirs au cours de leur détention. Depuis, elle avait appris que les Aborigènes d'Australie étaient le peuple le plus incarcéré au monde et que le taux de ceux d'entre eux qui mouraient en prison était onze fois supérieur à celui des non-Aborigènes. Les chiffres n'avaient guère d'importance pour la plupart des gens, mais ils résonnaient avec force dans l'esprit de Lisa. Elle se mettait à la place de ces hommes et de ces femmes brisés, pour qui les grands espaces sont un gage de survie culturelle, contraints de supporter un moral anéanti, un honneur bafoué et forcés de vivre dans de minuscules cellules oppressantes pour des crimes bénins, qui ne conduisaient personne d'autre en prison.

Les pensées de Lisa retournèrent au spectacle effroyable des deux cadavres et à l'enquête en cours. Le porte-à-porte n'avait rien donné et le sac-poubelle rempli d'objets retrouvés sur les lieux était actuellement décortiqué par le labo, bien qu'il ne semblât pas, à première vue, qu'ils aient déniché grand-chose d'intéressant.

CHAPITRE 3

Les raisons de Gary pour s'engager dans la police étaient similaires à celles de Lisa. Il ne supportait pas que les meurtres d'Aborigènes ne donnent pas lieu à des enquêtes sérieuses ; dans le même temps, des brutalités policières et des abus de pouvoir parfaitement démontrés passaient comme lettres à la poste. Les morts violentes de « Noirs » étaient rarement élucidées. Gary avait confié à Lisa qu'il se rappelait précisément le moment où il avait décidé d'agir : à 10 h 30 du matin, le jour où il avait pour la première fois entendu le nom de David Gundy et appris qu'il était mort sous les balles de la police.

Gary profita de ce qu'on lui avait accordé sa matinée pour régler quelques factures, remplir des chèques. Assis à son bureau, le stylo à la main, plongé dans ses calculs, il pensa à l'école. Même les odeurs lui revenaient. Les odeurs de peinture, des vieux livres moisis, les toilettes qui refoulaient. Gary n'avait eu qu'une seule envie à l'école : rentrer chez lui.

Gary était nerveux. Il sentait une tension dans son ventre et avait envie de faire pipi. Il serrait la main de sa mère et n'avait pas envie de la lâcher. Elle lui parlait gaiement tout au long des 800 mètres qui conduisaient de leur maison de plain-pied à l'école de Cleveland Street. Il se souvenait de sa peur de grandir, d'être séparé d'elle, d'aller à l'école. Plus ils approchaient du vieux bâtiment de briques et plus Gary croisait d'autres enfants. On aurait dit des mouches autour d'une poubelle mal fermée.

À l'intérieur, les couloirs étaient badigeonnés de peinture luisante. Sur les murs étaient accrochées des reproductions de paysages australiens peints par Hans Heysen ou Albert Namatjira : de grands gommiers dominant des champs voilés, écrasés de chaleur. Alors qu'il se tenait avec sa mère au bout d'une rangée de bancs de bois, attendant la directrice, un garçon plus âgé s'avança d'un pas décidé, passa la main par la fenêtre du deuxième étage et tira sur une cordelette courte et épaisse. Gary regardait, médusé par le son strident de la cloche fixée au mur extérieur et qui annonçait la fin des jeux et le début de la classe. Le sommet de la cloche était orné d'une estampille ouvragée, témoignant de son origine écossaise.

Gary se leva et alla regarder par la fenêtre la plus proche. Sur le goudron de la cour, les enfants formaient des queues imaginaires. Un professeur, juché en haut des escaliers, s'adressait aux élèves au moyen d'un micro installé à la hâte. Sa voix amplifiée allait rebondir sur les vieilles briques délavées.

— Je rends hommage à Dieu, à ma Reine, je salue le drapeau…

Il récitait les courtes strophes du serment de l'école et les enfants répétaient après lui. Puis tous se raidirent en un garde-à-vous crispé face au drapeau.

La mère de Gary l'appela depuis le couloir.

— Viens, mon chéri…

Il se retourna et vit qu'elle se trouvait avec une dame plus âgée, la directrice. Les deux femmes hochaient la tête à grands renforts de sourires forcés.

« Cette fois, ça y est », pensa Gary.

Après d'autres formalités dans son bureau, la directrice, Mrs King, suggéra que la mère de Gary le lui confie. Elle pourrait passer le prendre tous les jours à trois heures. Sa mère se pencha pour l'embrasser et Gary vit que ses yeux noirs étaient emplis de larmes. Elle courait presque lorsqu'elle sortit de la pièce. Il ressentit un sentiment de tristesse et de vide lorsqu'elle le laissa dans cet étrange bureau.

Mrs King était très gentille. Ses grandes dents jaunes sortaient de sa bouche lorsqu'elle souriait. Elle rassembla ses papiers et informa Gary qu'elle allait l'accompagner à sa classe. Elle tapa doucement à la lourde porte, tourna la poignée en cuivre et ouvrit. Une femme plus jeune se leva de la chaise où elle faisait la lecture à la classe. Les enfants étaient assis sur des tapis colorés disséminés de-ci, de-là, sur le plancher. Tous les regards se tournèrent vers Gary. La maîtresse se pencha vers lui alors qu'il s'avançait bravement encouragé par Mrs King.

— Voici Gary Leslie. Il va travailler avec vous à partir d'aujourd'hui, annonça Mrs King. Voici ta maîtresse. Elle s'appelle Mrs Graham.

Elle passa derrière lui et le poussa doucement vers l'avant.

— Bonjour, Gary, entre. Nous lisions l'histoire de Jack et du Haricot. Tu la connais ?

Gary fit signe que non de la tête et il écarta de la main une mèche de cheveux qui lui rentrait dans les yeux.

— Bon. On va t'installer et puis on continuera. Comme ça, on va savoir ce qui est arrivé à Jack, déclara-t-elle, tout en cherchant du regard une place libre.

Elle prit Gary par le bras et le conduisit vers un groupe de garçons assis sur un grand tapis de style persan. Les enfants s'agitèrent à l'approche de la maîtresse et firent de la place à Gary.

— Voilà, on va te mettre à côté de John Wilson. John, je te présente Gary. Tu vas bien t'occuper de lui, s'il te plaît ?

Avant que Gary se soit assis, John battit en retraite et se mit à gémir.

— Je ne veux pas qu'il vienne à côté de moi. C'est un Noir…

Toute la classe éclata de rire. Gary regarda la maîtresse, qui ne chercha pas à dissimuler un large sourire, puis la directrice, qui tournait la tête pour cacher son hilarité.

Constatant que sa remarque avait trouvé un public bienveillant, John continua.

— Les Noirs ne se lavent pas, Maîtresse, leur peau est couverte de saleté qui ne part plus. C'est pour ça qu'ils sont noirs.

Gary se figea, tout son corps tendu par la colère. Les larmes lui montaient aux yeux alors que les rires s'amplifiaient. Il leva un bras pour attirer l'attention et cria.

— Je ne suis pas noir ! Je ne suis pas sale ! C'est vous qui êtes sales !

Il se rua sur ce braillard grassouillet de John Wilson et lui expédia de toutes ses forces un coup de pied dans le thorax. La classe se mit à hurler. Gary se jeta sur le garçon, balançant des coups rageurs et désordonnés dans la direction de son nez. Les deux femmes reprirent le contrôle de la situation, mais trop tard pour éviter que le nez de John soit sérieusement amoché.

Gary plaça les chèques dans les enveloppes où il venait d'inscrire les adresses et se prépara à aller retrouver Lisa. Il rageait de ne pas disposer du moindre élément lui permettant de savoir qui avait pu commettre un tel meurtre, mais il ressentait un besoin pressant d'attraper ce salopard.

CHAPITRE 4

J'ai regardé les infos du matin à la télé et j'ai écouté la radio, mais il n'y avait rien. Généralement, on a les premières bribes d'information grâce à eux, mais le mieux, c'est les journaux du soir. Ils ont toujours les meilleurs détails et des photos vraiment bien qu'on peut regarder pendant des heures, si on veut.

Le dernier, dans les Blue Mountains, c'était le mieux, jusqu'ici en tout cas. « Australia Today », sur la Chaîne 8, lui a consacré plus de temps qu'à aucune autre info dont je me souvienne. Je l'ai enregistré. Ça m'a rappelé la première fois. Ça me rappelle toujours la première fois. J'imagine que c'est comme quand on perd sa virginité. On s'en souvient toute sa vie, non ? Moi oui, en tout cas.

J'habitais pas Sydney, à l'époque. J'étais encore à l'école, à Goulburn. C'est dingue comme il peut faire froid là-bas ! Sous prétexte qu'il ne neige pas, les gens s'imaginent qu'il ne fait pas froid. Cela dit, je me rappelle avoir vu une photo prise dans les années 30 ou 40 avec de la neige dans la grand-rue. Donc des fois, il neige. Au moins une fois. Et moi, je peux vous le dire d'expérience, il fait très, très froid l'hiver. C'était comme ça la première fois. Très froid le jour où j'ai perdu ma virginité.

Je l'avais guettée pendant des jours. Elle venait de Brewarrina, là-haut dans le Nord, tout là-bas, au milieu de nulle part. Elle était pas vraiment noire. Elle était plutôt chocolat, ou caramel en fait. Elle avait les cheveux courts et bouclés et des petits seins qui pointaient comme des pommes de pin. T'aurais fait un cône en carton et tu les lui collais dessus et c'était kif-kif. Habillée, je veux dire. Déshabillée, ils pointaient toujours bien droit, même quand elle était sur le dos. Elle avait mon âge, 17 ans. On passait notre brevet ensemble. Enfin… Elle était dans la même année que moi, mais dans la classe des grosses têtes. Pas que je sois pas une grosse tête. Je suis intelligent, mais elle l'était plus encore. J'arriverais pas à faire ce que je fais sans me faire attraper si je n'avais pas un peu de jugeote, c'est pas vrai ?

Il faisait froid et il y avait de la neige fondue, le jour où je lui ai parlé pour la première fois. Elle marchait le long de la route principale et elle passait sur le pont près de North Goulburn pour attraper le bus scolaire. On l'a pris ensemble. Le vent était froid et traversait ma veste, mon pull, ma chemise et mon tricot de peau. Elle m'a dit qu'elle se souvenait de moi de l'école et qu'elle m'avait vu jouer une fois au football. Ça m'a fait plaisir.

La fois d'après, je l'ai vue plus tard, à l'heure

du déjeuner. Elle m'a souri. C'est là que j'ai compris qu'il fallait que je me la fasse.

Je l'ai suivie depuis l'école. Bien sûr, je me tenais loin d'elle pour pas qu'elle me voie. Elle habitait une vieille maison en pierre près de la voie ferrée. Son père travaillait aux chemins de fer, je crois. Je suis pas sûr, mais je crois qu'il était conducteur de locomotive. Je suis passé plusieurs fois devant chez elle et je suis allé m'asseoir dans le parc de l'autre côté du pont avec un bouquin en faisant semblant de lire. J'ai observé sa maison jusqu'à ce que le soir tombe et que les lumières s'allument. Elle avait plein de frères et sœurs, j'arrivais même pas à les compter. Ils arrêtaient pas d'entrer et de sortir. Devait y en avoir six ou sept. Et du coup, Pauline n'allait pas trop leur manquer.

Je l'ai observée à l'école et chez elle pendant deux semaines avant d'avoir l'idée de prendre les choses en main. La masturbation, ça allait, mais j'avais envie de vrai sexe, vous voyez, avec une fille. Je pensais qu'avec une Noire, ça serait encore mieux qu'avec une Blanche. Elles sont plus comme des animaux que nous autres et ça serait plus intense. Pas que je voudrais le faire avec un singe ou un truc comme ça. Mais je pensais qu'une fille noire, pour la première fois, ça serait plus intense.

De temps en temps, elle faisait des courses pour sa mère après l'école, et c'est là que je l'ai croisée, dans le parc. Je faisais semblant de lire mon livre et elle est arrivée. Je lui ai demandé si je pouvais l'accompagner. Elle était un peu gênée, mais elle a dit que si je voulais, je pouvais. On a parlé en chemin et je l'ai attendue au coin de la rue pendant qu'elle faisait ses courses et on est rentrés ensemble.

Quand on est arrivés de l'autre côté du pont, j'ai sorti mon petit pistolet calibre 22 et je le lui ai planté sous le menton. Enfin d'abord, j'ai fait que le sortir. Elle avait vraiment peur. D'emblée, elle a fait exactement ce que je voulais. J'étais un peu surpris, je me disais que si elle criait, je serais obligé de partir en courant. Je me disais qu'à coup sûr, on allait m'attraper. Mais non.

Je l'ai forcée à obliquer une rue avant qu'on arrive chez elle. On a marché le long de la route jusqu'au monument aux morts sur la colline abrupte qui surplombe tout Goulburn. La nuit, c'est éclairé avec de grosses lumières jaunes. On était tous les deux un peu essoufflés en arrivant là-haut. Il faisait de plus en plus froid et de plus en plus sombre. Il n'y avait absolument personne. Je l'ai forcée à grimper les marches jusqu'à la balustrade au sommet de la tour. Y avait des créneaux tout autour. On aurait dit un château en Angleterre ou un truc comme ça, et Pauline était mon butin, ma promise. Y avait de ça.

Je lui ai demandé de sortir la bouffe qu'elle avait achetée. Y avait plein de trucs à manger, du pain, du fromage et d'autres trucs. Alors je lui ai dit qu'on allait commencer par manger. Elle avait sacrément peur et elle arrêtait pas de me dire de pas la tuer, qu'elle ferait tout ce que je voudrais. Moi, j'avais envie de manger d'abord.

Il commençait à faire vraiment froid et je me

suis dit qu'on ferait bien de baiser parce que je voulais qu'on enlève tous nos habits et qu'il faisait de plus en plus froid. Je voulais qu'elle se déshabille d'abord, que je puisse bien voir. Sa peau brune était super. Je lui ai fait écarter les jambes, je l'ai fait se retourner sur les genoux pour qu'elle montre son cul et tout ça. Son corps était beau et chaud. Ses seins pointaient dans la nuit. Je les ai sucés un petit peu. Je lui ai demandé si ça lui plaisait. Elle a dit oui, mais je l'ai pas crue. Elle tremblait et gémissait en disant qu'elle avait peur. Alors je me suis déshabillé vite fait mais tout en gardant mon flingue. Je bandais très fort. Je suis monté sur elle, entre ses jambes, et je suis entré en elle. C'était chaud là-dedans. Je lui ai fait la chose pendant un long moment. Quand c'est venu, je suis tombé et je suis resté allongé sur elle un moment. Elle restait là, sans bruit, à pleurer toujours et ça commençait à m'énerver. C'est alors que je me suis dit qu'elle était pas vierge : elle avait pas saigné ou rien du tout. Ah, ça m'a dégoûté… Alors j'ai tiré. Trois balles, sous le menton. Ça a fait plus de dégâts que je pensais. Avec du sang et d'autres trucs qu'ont giclé un peu partout. Elle se doutait pas que j'allais faire ça. Je l'ai fait super vite.

C'était poétique, pour de vrai. Pauline couchée morte en haut d'un monument de la Guerre, un monument à la mémoire des centaines d'hommes de Goulburn qui étaient morts, et un monument qui était leur récompense pour avoir tué des milliers d'autres hommes. Ça faisait un mort de plus. Ça me paraissait pas très important. Je pense toujours pas que ça compte vraiment. Elle était noire.

J'ai ramassé ses affaires et la bouffe et je suis rentré à la maison à travers champs. Plus tard, j'ai tout brûlé.

C'est vrai. On n'oublie jamais la première fois.

CHAPITRE 5

Evelyn Bates n'était pas rassurée de devoir aller et rentrer à pied de son travail au Black Dancers Studio. Elle habitait Redfern, à l'autre extrémité du parc Prince Alfred par rapport au studio. Le jour, elle traversait le parc par les allées sinueuses qui zigzaguaient le long des immenses figuiers de Moreton Bay. Cela lui faisait gagner une dizaine de minutes. La nuit, elle pressait le pas en contournant le parc par Chalmers Street.

Le studio où elle dansait était situé au coin d'une rue tout près de la gare centrale et en face duquel se trouvait un petit lopin de pelouse. Ce jardinet abritait une vingtaine de pigeons et trois ou quatre épaves humaines. Elle travaillait à des horaires irréguliers, grosso modo de neuf à cinq une semaine sur deux, puis de midi à vingt heures la semaine suivante. Tous les danseurs sous contrat étaient tenus d'assurer des cours du soir. Toutes les deux semaines, Evelyn avait ainsi son cours pour adultes.

Elle se précipita entre deux voitures qui avançaient en une lente procession vers un feu rouge.

L'un des chauffeurs lui cria quelque chose, mais elle ne comprit pas et n'y fit pas attention. Elle se doutait que ce devait être quelque obscénité.

Une fois parvenue dans la fraîcheur du studio de danse, une ancienne tannerie, elle se sentit apaisée, chez elle. Elle passa la tête par la porte du bureau en bas de l'escalier. Elle se sentait obligée d'annoncer son arrivée. Venir au rapport était une habitude qu'elle gardait de ses années d'écolière.

— Salut, me voilà, lança-t-elle et elle attendit une réponse qui ne vint pas.

Personne n'était au bureau ce jour-là.

Elle avança dans le couloir qui reliait trois autres bureaux, laissa tomber son sac sur le sol et se posa lourdement dans un vieux fauteuil en cuir. Les affiches d'anciens spectacles garnissaient les murs fraîchement repeints aux côtés d'agrandissements encadrés de danseurs en pleine action. Evelyn apparaissait sur deux des photos. Sur l'une d'entre elles, elle se tenait au milieu d'un groupe, torse nu, son corps peint à la manière traditionnelle. L'autre cliché avait été pris en contre-plongée depuis le bord de la scène et l'immortalisait dans un saut puissant, costume de soie légère emporté dans son sillage alors qu'elle s'envolait, la chevelure coulant le long de son dos, le menton levé fièrement.

De la musique électronique emplissait en sourdine le corridor. Evelyn se déplaça en rythme. C'était une femme à la peau très foncée, élancée et mince avec de longs cheveux ondulés qu'elle avait coutume d'attacher en un énorme chignon.

Originaire de Yirrkala dans l'Arnhem, tout en haut de l'Australie, elle habitait Sydney depuis des années. D'où elle se tenait, elle apercevait son reflet dans les battants des doubles portes en verre. Elle se pencha en avant, pinça ses lèvres rouges en une moue et repoussa une longue mèche rebelle qui s'était échappée de son fichu. De longues boucles d'oreilles en bois encadraient son visage. Elle portait une jupe en coton imprimé et un tube qui lui comprimait la poitrine. Son matériel de danse, sa serviette et ses affaires de toilette étaient fourrés dans son sac de sport Reebok.

La musique du couloir cessa. Une porte s'ouvrit et un martèlement de pas fit trembler le plancher nu.

— Si tu travaillais sur des rythmes acoustiques un peu plus basiques pour soutenir la mélodie, ça collerait bien avec un passage qu'on est en train de mettre au point, disait Danny.

Danny Renaldo était le directeur artistique de la compagnie de danse aborigène. Son vrai nom était Paul Ferguson. Il avait la peau brune et était d'une beauté à couper le souffle, avec un corps à la musculature parfaitement travaillée. Il était homosexuel. Formé à la danse classique au corps de ballet australien de Melbourne, il était *la* force dynamique de la danse aborigène contemporaine.

Entouré d'une petite troupe, il apparut au bout du couloir. Il tendit légèrement la tête, comme le font tous les danseurs, en changeant de direction. Son visage s'éclaira lorsqu'il aperçut Evelyn.

— Ma chérie ! dit-il.

Abandonnant ses quatre visiteurs, il s'approcha et l'embrassa longuement.

— Salut, Danny, répondit Evelyn, en l'enveloppant de ses bras avec vigueur. Mmmmmmmm.

Ils s'étaient pourtant vus pas plus tard que la veille.

— Entrez dans mon bureau, je vous rejoins dans une seconde, dit Danny à ses invités.

Lorsqu'ils furent trop loin pour entendre, il murmura à l'oreille souriante d'Evelyn.

— Ces satanés orchestres, avec leurs satanés directeurs et leurs satanés agents.

Il fit la grimace.

— Mais ils ont un morceau très sympa qui irait très bien avec notre passage de l'Espace Noir. Dis donc, pendant que je discute avec eux, tu peux faire démarrer la troupe avec cette nouvelle musique qu'on a travaillée hier sur Unification ?

— Bien sûr, répondit-elle.

Elle bondit de son fauteuil tout en empoignant avec adresse son sac de sport au passage.

— J'arrive tout de suite. Tu es un ange.

Evelyn le regarda sortir du bureau. Danny était toujours aussi amical, mais elle le trouvait trop attentionné depuis quelque temps. Il l'aidait énormément dans sa carrière, lui confiant de plus en plus de responsabilités. Et il n'avait pas l'air d'aller très bien.

La vaste salle de répétition couvrait presque tout le dernier étage. Le plafond était à quatre mètres et des miroirs couraient sur toute la longueur de deux des murs. Sous les larges fenêtres, une barre d'exercice occupait un troisième pan.

Le plancher en pin avait été découvert sous une couche de dalles de vinyle fatiguées. Restauré, il était parfait pour la danse, avec juste ce qu'il fallait de « répondant » sous le pied. À l'autre extrémité de la salle se trouvaient les vestiaires, les douches et les toilettes.

Evelyn se déshabilla et enfila un justaucorps de lycra rouge par-dessus ses collants noirs, et puis elle laça soigneusement ses chaussons de danse aux semelles de caoutchouc. Elle passa une serviette autour de son cou et but une gorgée d'eau d'Évian. Puis elle fourra le sac dans un casier à côté de ses habits de ville. La lumière rasante du matin perçait au travers des vitres grillagées. Evelyn entendait les voix des autres danseurs qui arrivaient et montaient jusqu'à la salle. Certains d'entre eux partageaient des appartements ou des maisons. Mais elle préférait l'intimité et la liberté de vivre seule, même si elle en avait à peine les moyens. Elle se tenait à la barre lorsqu'ils entrèrent.

— Bonjour à tous, lança-t-elle.

— Bonjour, bonjour, bonjour, répondirent-ils en un écho parfaitement orchestré.

— Danny m'a demandé de me charger de la première séance de la matinée. Je vous demande de bien vouloir me rejoindre vite pour l'échauffement afin qu'on puisse s'y mettre.

Ce surcroît de responsabilités octroyé par Danny stimulait Evelyn. Elle commençait à se faire reconnaître comme chorégraphe. Même si elle restait la principale danseuse de la compagnie, elle savait que cela ne pourrait durer toujours — quatre, cinq, six années au plus — si elle parvenait à se relever des inévitables blessures. La chorégraphie conférait la longévité dans ce métier qu'elle aimait tant.

Après deux heures de cours, Evelyn décréta une pause. Le groupe avait commencé doucement, puis avait gagné en intensité au fur et à mesure que le déroulement et la structure du nouveau morceau prenaient corps et que la confiance s'installait. C'était encore une journée de chaleur. Evelyn alla chercher sa serviette et sa bouteille d'Évian. Danny ne l'avait jamais laissée seule avec la compagnie aussi longtemps. Elle s'éclipsa avec grâce en traversant la pièce et dévala la cage d'escalier jusqu'au bureau. Derrière elle, des rires résonnaient dans la salle.

Rosie, la fille qui venait le vendredi, était occupée au téléphone tout en tapant furieusement à la machine. Elle leva les yeux lorsqu'Evelyn entra. Evelyn désigna le bureau de Danny. Rosie opina.

— Oui, il est là.

Après avoir tapé doucement à la porte, Evelyn s'introduisit dans le bureau. Danny était assis, le dossier haut de sa chaise tourné dos à la porte et il contemplait d'un regard vide les vieux stores vénitiens qui faisaient barrage à la lumière éclatante du soleil.

— Danny ? Ça va ? demanda-t-elle à voix basse.

Il ne répondit pas. Evelyn se porta à ses côtés. Il regardait devant lui, des larmes coulaient le long de ses joues. Elle tomba à genoux et le prit dans ses bras, le serrant aussi fort qu'elle le pouvait. Il s'appuya de tout son poids contre elle et se mit à sangloter. Une lettre était posée sur le bureau, à l'entête d'un cabinet médical. Evelyn la ramassa et la lut. Ses soupçons les plus terribles se confirmaient : Danny avait prévenu la compagnie voilà trois ans qu'il était séropositif. Cette fois, la maladie était là.

Evelyn sortit du bureau sans bruit et escalada les marches quatre à quatre. Elle annonça aux élèves la mauvaise nouvelle à propos de Danny et leur demanda s'ils voulaient partir plus tôt. C'était le cas. Elle retourna dans le bureau de Danny. Ils s'assirent et discutèrent de l'avenir. À minuit, ils partirent tous les deux en taxi pour se rendre dans le petit appartement de Danny sur le port. Ni l'un ni l'autre ne firent attention au nouvel occupant du jardin d'en face. Il s'était joint à la population du parc la semaine précédente et s'intéressait beaucoup à Evelyn. Il l'observait avec soin lorsqu'elle entrait ou sortait du bâtiment. Quand elle apparaissait brièvement aux larges fenêtres, il redressait la tête. Il l'avait suivie et s'était tenu tout près d'elle voilà deux jours lorsqu'elle était allée s'acheter à déjeuner chez le traiteur du coin. Il avait même découvert quel était son prénom.

CHAPITRE 6

En milieu d'après-midi, les gens allaient et venaient comme dans une ruche dans les couloirs des bureaux du coroner de l'État. Dix-huit personnes, avec Gary et Lisa parmi elles, se serraient dans le petit amphithéâtre où avait lieu l'autopsie. Certains arboraient l'uniforme — policiers, ambulanciers —, les autres étaient des étudiants en fac de médecine ou en école d'infirmières. Ce n'était pas un moment attendu avec impatience par Gary et Lisa. Le corps de la jeune femme aborigène était étendu sur la table d'opération en acier inoxydable. Les flancs de la table étaient relevés pour éviter que les sécrétions corporelles viennent gicler sur les assistants du coroner pendant la dissection systématique du corps. La première incision, effectuée d'une oreille à l'autre, déclencha un sourd grognement dans l'assistance. Même les témoins les plus aguerris blêmirent. Bientôt suivit une longue section de la gorge au pelvis, ce qui permit d'ouvrir tout le haut du corps. La langue, les poumons, le cœur, les intestins, l'estomac, les reins, le foie et la vésicule furent retirés et déposés séparément. Ensuite, l'un après l'autre, ils furent placés dans des fioles remplies de liquide jaunâtre. Des étiquettes furent collées sur les récipients en verre qui étaient promptement évacués pour analyse.

Colin Richards, qui dirigeait les opérations, énonçait ses observations dans un micro placé au-dessus de lui. Une fois achevée la dissection du cadavre, il déclara : « Il n'existe pas d'indices tangibles à ce stade susceptibles d'expliquer le décès. » Il s'écarta du micro et murmura quelque chose à son assistante, Pam.

— Prenez les dispositions pour effectuer un scanner du crâne.

Il chercha Gary du regard dans la foule, et lui indiqua de le rejoindre dans la pièce adjacente. Gary tira Lisa par la manche et l'enjoignit de le suivre.

— Désolé, elle n'a pas encore livré son secret. Mais j'ai trouvé quelque chose : une petite lésion. Attendez que nos visiteurs soient partis et revenez. Je vous montrerai.

Les spectateurs discutaient nerveusement en quittant l'amphithéâtre. Gary et Lisa restèrent assis en attendant le retour de Richards.

— Elle a l'air encore plus jeune que ce matin, nota Lisa.

— Oui. Une enfant… renchérit Gary.

Il jeta un nouveau regard au cadavre. Les larges incisions pratiquées sur le corps étaient à présent suturées. Il était envahi de sentiments de déférence à la vue de cette forme féminine sans vie étendue devant lui. Il avait l'impression d'être de trop. Il s'autorisa quelques secondes de plus et détourna les yeux.

Colin Richards entra dans la pièce d'un pas pressé.

— Bien, attaqua-t-il. Venez par ici.

Gary et Lisa rappliquèrent auprès de lui. Il s'empara de la bouche de la jeune femme, l'ouvrit largement et pencha sa tête en arrière.

— Là-dessous, sur le palais. Vous voyez ?

Il se saisit d'un instrument posé sur un plateau et indiqua ce qu'il avait vu.

— On dirait une petite coupure, remarqua Lisa.

Gary acquiesça.

— Je pense que c'est la trace laissée par un outil de la forme d'un poignard, reprit Richards. J'ai demandé des scanners de la tête. le ne veux pas encore ouvrir le crâne afin de ne pas endommager des preuves, s'il y en a.

Ils se reculèrent et Gary soupira.

— Et quand pourrons-nous voir les radios ?

— Oh, dans quelques minutes, répondit Richards. L'homme est à côté. Vous conviendrez que son cas est plus simple. Vous pouvez venir dans l'amphi si vous le souhaitez, mais si vous préférez prendre un café, la cafétéria est au bout du couloir, poursuivit-il, indiquant du bras la direction du hall d'entrée.

— Café ? demanda Lisa, l'air grave.

— Ouais.

Lorsqu'ils furent installés à une table en plastique, un café et des biscuits devant eux, Lisa demanda.

— Qui diable planterait un poignard dans le

palais de quelqu'un ? C'est un peu maladroit, non ?

— Complètement crétin, si tu veux mon avis, répliqua Gary. Mais j'imagine que la manière importe peu quand tu as décidé de tuer.

Mais Lisa poursuivait sa pensée.

— Il y a des gens qui s'injectent de la drogue dans la bouche pour éviter les marques de seringue sur leurs bras ou leurs jambes…

— J'ai entendu parler de gens qui se piquent dans les joues, mais pas dans le palais. C'est trop douloureux.

— Mais ça peut être une explication ? Il y a peut-être un rapport avec la drogue, reprit Lisa. C'est peut-être une prostituée, une droguée. Les analyses révéleront rapidement si elle prenait des trucs.

Elle retira sa veste en coton et la posa sur le dos de la chaise.

— Voyons voir ce que nous avons…

Gary haussa les épaules.

— Pas grand-chose.

Ils consultaient leurs notes lorsque Pam Dundas approcha en hâte de leur table.

— Colin m'a demandé de vous dire que les radios étaient prêtes. Il a quelque chose d'intéressant à vous montrer.

La pièce était plongée dans l'obscurité à l'exception de plusieurs boîtiers lumineux sur lesquels s'affichaient des radios. Elles montraient nettement le crâne de la femme aborigène photographiée sous plusieurs angles. Il se tourna lorsqu'ils entrèrent, un sourire de fierté sur les lèvres.

— Elle a été tuée par balle, annonça-t-il d'un ton qui n'appelait aucune contestation.

— Comment est-ce possible ? s'étonna vivement Gary.

— Regardez, jubila Richards en leur montrant le corps. Vous voyez ces fragments blanchâtres ? Ici, là, et là ? Même si je ne peux être sûr de rien à 100 % à ce stade, tout me laisse supposer qu'il s'agit d'éclats de balle. Elle est entrée par le palais et a frappé le fond du crâne, ici, laissant une légère dentelure. C'est à cet endroit que le crâne est le plus épais et à son âge, il est très solide. La balle a ricoché sur l'os et n'a laissé que peu de traces à l'intérieur et aucune à l'extérieur. Ensuite elle a éclaté en petits morceaux et a rebondi un peu partout à l'intérieur de la tête, à chaque fois passant à toute vitesse au travers du cerveau. Elle a dû mourir très vite. Comme vous le voyez, il n'y a pas eu de dégâts spectaculaires.

Il se redressa et son regard alla de l'un à l'autre.

— Il y avait présence de sperme dans le vagin et l'anus. Les analyses d'ADN nous révéleront s'il s'agit du sperme de l'homme qui l'accompagnait. Il y a peut-être des lésions aux cuisses et aux bras mais en raison de la couleur très foncée de sa peau, nous ne pouvons pas encore le dire. On peut aller regarder sous la peau si nécessaire, mais à ce stade, ma conviction est qu'il y a des lésions à ces endroits.

— Et l'homme ? demanda Lisa.

— Comme on peut le voir clairement, il a reçu trois balles dans la tête à bout portant. Un pistolet de calibre 22 a été utilisé. Il y avait du sperme sur son pénis. Sa jambe droite est cassée, mais cela a pu se produire lorsqu'il a été jeté au bas de la pente et a roulé jusqu'à la voie ferrée. Maintenant, voyons voir. Toutes leurs parties vitales vont partir vers divers labos pour des tests. Dès que nous aurons les résultats, nous préparerons un résumé que nous vous faxerons directement. Le coroner aura alors besoin de vous voir, aussi lorsque j'aurai tout rassemblé, je vous appelle pour vous donner une heure.

— Il n'y a pas trace de lutte ? Pas de griffures ? Pas de peau sous les ongles ? demanda Gary, s'assurant que Richards avait vérifié l'évidence.

— J'ai bien peur que non.

Il s'interrompit pour réfléchir.

— Bien sûr, la balistique ne peut pas encore confirmer que les balles venaient de la même arme, parce que l'une de ces balles s'est désintégrée dans la tête de la femme. Mais je pencherais pour l'affirmative : les balles étaient du même calibre.

Lisa et Gary ne savaient plus quoi dire. Lorsque les derniers échanges de paperasse furent accomplis, ils s'éclipsèrent lentement par la sortie de derrière. Songeurs, ils retournèrent au poste.

Enfin, Lisa rompit le silence.

— Si jamais le sperme retrouvé sur la femme et sur l'homme n'est pas le même, alors nous aurons les empreintes de l'assassin, son empreinte génétique.

— Ouais, admit Gary sans conviction. Mais si c'est le même, et même si ce n'est pas le cas, il nous faut toujours retrouver ce salopard. Rien ne dit que nous aurons son empreinte ADN dans nos archives.

Il déboîta, se plaça sur la voie rapide et accéléra pour rentrer au QG.

La plupart des enquêteurs tassés dans les locaux exigus de la Crim s'interrompirent dans leur tâche pour regarder passer les nouvelles recrues qui entraient par les portes battantes. L'un d'entre eux leur jeta un regard particulièrement appuyé. Un Australien d'origine grecque du nom de Mark.

Mark Poulos était né en Australie de parents grecs qui, en arrivant, ne parlaient l'anglais ni l'un ni l'autre. Ils vécurent pendant sept mois chez un cousin avant de s'installer dans leur propre maison à Surry Hills.

Mark aimait porter de l'or. La couleur jaune du métal contrastait avantageusement avec sa peau cuivrée et ses cheveux noirs. Il portait une chaîne autour du cou, une gourmette au poignet et plusieurs bagues aux doigts. Sa montre aussi était en or. C'était un homme de grande taille et sa carrure laissait penser qu'il avait passé du temps à bosser « à la salle ».

Quand Mark avait sept ans et qu'il était entré à l'école primaire, il avait été la risée des gamins. Il ne parlait pas bien l'anglais, il s'habillait bizarrement et apportait à l'école des mets étranges pour son déjeuner.

Sa résistance était mise à rude épreuve quotidiennement, par les harceleurs et les censeurs en herbe qui ne faisaient que singer leurs parents. Mais il y avait un autre garçon, un petit Aborigène, qui était venu à sa rescousse lorsque les bastons avaient commencé. Un certain Gary Leslie. Mark ne l'avait pas revu depuis la dernière année à l'école de Cleveland Street, mais il le reconnut immédiatement lorsqu'il traversa la pièce.

Les fameuses recrues aborigènes, Gary et Lisa, étaient contraintes de faire un bon bout de chemin pour atteindre leur « bureau », installé près des toilettes tout au bout du bâtiment. L'espace de la salle commune qui leur était alloué était meublé chichement de deux téléphones, de deux tables, de deux chaises, deux ordinateurs, un placard pour les archives et une corbeille à papier. Une rangée de vasistas placés en hauteur répandait un peu de jour dans la pièce, qui sentait le renfermé.

La veille, Gary avait affiché aux murs deux grandes cartes de Sydney et des Nouvelles-Galles du Sud. Il y avait ensuite planté des petites piques orange fluo, aux endroits où s'étaient produits des meurtres d'Aborigènes encore inexpliqués. Il y avait trente-quatre piques. Aujourd'hui, ils avaient projeté d'entrer dans les archives informatisées de la police pour réunir celles de ces trente-quatre cas et en transférer les données vers un nouveau programme de vérifications croisées créé pour faire apparaître les corrélations même les plus minimes. Ils étudieraient tout particulièrement les meurtres de femmes aborigènes à connotations sexuelles, mais avant toute chose, ils vérifieraient si des traces de sperme avaient été retrouvées et archivées. Si tel était le cas, ils étaient bien décidés à faire exécuter des tests et à comparer les empreintes ADN.

Nos deux recrues n'étaient pas très populaires auprès des autres fonctionnaires parce qu'on les leur avait imposées politiquement. Leurs carrières étaient sur le fil du rasoir : il leur fallait trouver l'assassin, et vite.

CHAPITRE 7

Je ne sais pas pourquoi, en Australie, on se sent obligé de copier la télévision américaine, mais c'est ce qu'on fait. Ce matin, par exemple, mon émission préférée, « Australia Today » sur la chaîne 8, ce n'est qu'une vulgaire resucée des émissions matinales ricaines. Mon histoire commence à devenir de l'info sérieuse et du coup, ils sont obligés d'en parler sur toutes les chaînes, mais, comme je l'ai déjà dit, c'est « Australia Today » qui montre les reportages les mieux foutus et les plus longs sur mes bonnes femmes.

Ce matin, j'avais un peu la gueule de bois parce que j'ai trop bu pour fêter un peu la nouvelle année, mais j'ai réussi à me sortir du lit. Le compte rendu de l'émission était génial, ils avaient envoyé une équipe de cameramen là-bas sur la voie ferrée et ils ont même attendu que le coroner ait fini d'inspecter les cadavres pour l'interviewer.

Wow, c'était un sacré coup, cette négresse. Pas tout de suite, cela dit. Mais ensuite elle s'est comme qui dirait… prise au jeu. Il a quand même fallu que je lui hurle dessus. Bon, cela dit, c'est vrai qu'elle me connaissait pas, quoi. J'ai voulu me la taper dès que je l'ai vue dans cette boutique d'artisanat aborigène à Chippendale. Elle habitait Balmain et prenait le bus tous les jours pour aller au magasin. J'aime bien les trucs qu'elle faisait d'ailleurs, du batik sur de la soie fine. Je lui ai acheté deux tentures un jour, voilà quelques semaines. Je les ai toujours, accrochées au mur.

Elle partageait une maison avec deux hommes et une autre femme, tous des Noirs. L'autre bonne femme était pas mal non plus, mais Véra avait un truc en plus. Elle avait quelque chose de félin et se faisait des yeux de chat. Elle portait souvent des tenues léopard et elle mettait du rouge à lèvres marron sur sa bouche sexy, qu'elle soulignait d'un trait noir. Deux fois elle m'a souri dans le bus. Je me suis mis à utiliser des déguisements juste avant de commencer à la filer, elle et la danseuse. C'est au théâtre que j'ai eu l'idée de me déguiser. Ils utilisent tout un tas de maquillage et de costumes pour que les gens changent d'apparence. Dans un sens, je suis devenu un acteur, moi aussi.

Je connaissais rien à toutes ces histoires de théâtre avant de déménager à Thirroul. C'est là que je suis allé vivre après avoir quitté Goulburn. Il fallait que je m'en aille, mon père et ma mère étaient toujours sur mon dos. Merde, j'étais encore à l'école et ils arrêtaient pas de m'asticoter sur ce que j'allais faire de ma vie. Comment savoir ? J'en sais toujours rien et pourtant ça fait cinq ans que je bosse à droite, à gauche. De toute façon, un truc dont je me suis rendu compte c'est que les gens ne vous jugent qu'à l'apparence. Ils ne vous regardent jamais vraiment.

À Thirroul, je me suis inscrit dans une troupe amateur dont faisait partie un de mes potes du boulot. Il disait que c'était un bon moyen de brancher des filles, alors j'y suis allé avec lui. C'était bien, pour les filles je veux dire. Mais je m'entendais pas vraiment avec elles, à part Irène. Les femmes plus vieilles étaient sympas, mais elles traînaient pas longtemps avec nous quand on allait boire des coups après les répètes. Y en avait qui étaient mariées, mais ça les empêchait pas de mettre le grappin sur un mec si elles en avaient envie. Irène m'a un peu mis le grappin dessus.

Elle était mariée, mais elle aimait bien les jeunes comme moi. J'ai jamais vu son mari. S'il la laissait sortir comme ça, c'est qu'il devait pas s'intéresser beaucoup à elle, à mon avis. Irène avait 35 ans, mais on lui en aurait donné dix de plus. Elle avait la peau usée et de longues rides sur le visage. Irène aimait bien le sexe et elle s'en cachait pas.

Je suis pas certain que les flics ont retrouvé cette Noire que j'ai jetée à la mer à Bulli. C'est une des quatre de mes filles qui ont pas eu droit aux infos. Cette fille de Bulli n'avait aucune idée que je l'observais. Je l'ai surveillée pendant des semaines avant de lui tomber dessus. Tout ça grâce à mon déguisement. Au théâtre, je jouais le rôle d'un gamin dans la comédie musicale *Oliver*. J'ai utilisé des trucs de maquillage pour me faire passer pour un clochard. C'est comme ça que je fais maintenant. Les femmes ne regardent jamais les clodos bourrés, elles ne veulent surtout pas croiser leur regard. Maintenant que je suis au chômage, j'arrive à jouer le rôle avec conviction. Ça fait neuf mois que je bosse plus. Mais vous inquiétez pas, j'utilise plein de noms différents quand je me déplace, je suis pas dingue. Je prends des noms de champs de course : Peter Warwick, Caulfield, Flemington, Wick, Farmer. Mais je garde quand même mon prénom.

Je sais que c'est un peu gonflé, mais je me suis fait un press-book et des cassettes. Je fais la collection des coupures de presse et j'ai enregistré tous les reportages dans « Australia Today ». J'adore lire des articles et voir des émissions sur mes bonnes femmes. Je les ai classées par ordre chronologique. Bon, il en manque quatre dans le décor, c'est sûr, et je me suis même demandé si j'allais pas les signaler l'une après l'autre à la police. C'est sans doute le seul moyen d'avoir la totale. La police a toujours pas découvert l'identité des deux de Redfern. Dommage pour son mec, il avait choisi de la tirer le même soir que moi. Quand je me suis approché, ils venaient juste de finir de faire ça sur l'herbe. Je l'ai buté sur le coup. Et puis j'ai tout brûlé, comme d'hab.

Peu après avoir quitté l'appartement de Danny, à sept heures et demie le matin suivant, Evelyn s'était retrouvée debout dans un bus rempli de voyageurs se rendant à leur travail en ville. Elle trimballait toujours son grand sac de sport, qui faisait obstacle aux passagers qui voulaient descendre. Elle était épuisée. Danny avait parlé presque toute la nuit et elle avait été une auditrice attentive, une sorte de miroir sonore. Il lui avait fait part de nouveaux projets. L'un d'entre eux était de partir vivre à la campagne avec son ami. Ils pourraient ouvrir une galerie d'art qui ferait salon de thé où il pourrait se retirer et mourir loin de tout. Comme ça les gens se souviendront de moi tel que j'étais, disait-il. Ou alors il pourrait tout simplement aller s'installer en Afrique du Nord pour ne plus revenir. Elle l'écoutait et pleurait avec lui. À présent, dans ce bus bondé, elle repensait au désespoir tangible dans sa voix. Les larmes lui vinrent aux yeux à nouveau.

— Ça va, ma belle ? lui demanda la femme assise à côté d'elle.

— Oui… merci.

Elle se détourna de la femme et regarda fixement la route devant eux. À l'approche de son arrêt, elle actionna le bouton rouge sur la rampe chromée.

Evelyn sauta du bus sur la pointe des pieds et trébucha le long du trottoir défoncé avant de repartir d'un pas brusque. Elle ne fit pas attention au SDF posté dans l'embrasure de la porte de livraisons de l'usine du coin. Son corps se raidit lorsqu'il la reconnut qui descendait du bus. Il lui emboîta le pas à distance respectable. Le bus bleu et blanc disparut dans un effluve de diesel.

— Thé ou café ? demanda Lisa.

Elle se leva et s'étira, soupirant d'aise alors que s'estompaient ses courbatures dans le dos et les épaules.

— Café, s'il te plaît, répondit Gary sans lever les yeux de son écran d'ordinateur.

Ils arrivaient tous les deux au travail tôt le matin, poussés par le poids de leurs responsabilités et bien décidés à y faire face. Ils avaient déjà traité des millions d'informations. La grande majorité d'entre elles paraissait sans intérêt. Dix-sept femmes étaient brunes, quinze avaient des fiancés réguliers, trois avaient une voiture, dix travaillaient dans un bureau. Elles habitaient à des adresses variées, il n'y avait aucune concentration de domiciles ou de lieux de crime. Aucun schéma directeur ne se dégageait. Les victimes devaient pourtant avoir des relations, des connaissances ; elles avaient des amis, de la famille, pensa Lisa. Mais le bureau des personnes disparues ne permit pas non plus d'établir de corrélations.

— Excuse-moi, qu'est-ce que tu viens de dire ? Du thé, c'est ça ? demanda Lisa en se faufilant entre les bureaux.

Son téléphone sonna et elle posa les gobelets à la va-vite avant de décrocher.

— Détective Fuller. Oui, C'est ça… Comment allez-vous ?

Elle désigna le combiné du doigt pour attirer l'attention de Gary.

— C'est bien ce que nous pensions, lui confia Colin Richards, qui appelait du bureau du coroner. J'ai retiré les fragments de la balle du crâne de la jeune femme et je les ai rassemblés… Nous avons fini nos analyses et vous allez recevoir un fax dans la matinée avec toutes les conclusions auxquelles nous sommes parvenus.

— Avez-vous une copie des analyses ADN du sperme ?

— Nous l'avons. On a trouvé deux échantillons de sperme. L'un, nous l'avons vérifié, vient de la victime masculine et l'autre d'un homme non identifié. Tout est consigné dans le rapport. Quand vous l'aurez lu, n'hésitez pas à m'appeler si vous avez des questions.

— Nous n'y manquerons pas. Merci Mr Richards.

— Ah, on a aussi trouvé de la salive et des poils pubiens sur la femme qui correspondent à l'ADN du deuxième sperme. Notre assassin présumé est O positif. Malheureusement, ce n'est pas l'un des groupes sanguins les plus rares, mais si notre homme a été hospitalisé, il sera certainement dans notre registre national.

— Quel pourcentage de personnes appartient à ce groupe, grosso modo ?

— Quarante pour cent.

— Ma foi, ça restreint déjà sacrément le champ d'investigation, plaisanta Lisa.

— Et vous pouvez encore diviser par deux, vu que la moitié sont des femmes.

— C'est vrai. Merci Mr Richards.

Lisa entendit un « au revoir » lointain alors qu'elle reposait le combiné.

Elle gribouilla quelques chiffres sur un carnet, sirota son thé sucré puis se tourna vers Gary pour lui annoncer fièrement :

— Eh bien nous avons réduit le nombre des suspects de quatre millions et demi à environ neuf cent mille.

CHAPITRE 8

Lisa n'avait que cinq ans la première fois qu'elle découvrit la pension Bombala, mais elle ressentit immédiatement cette terreur que la maison inspirait aux enfants. Les vérandas étaient grillagées comme à l'armée et donnaient l'impression qu'on était dans une caserne. Les femmes qui géraient l'établissement portaient des blouses blanches. Avec le recul, Lisa était abasourdie que cet accoutrement eût suffi à les élever au statut de médecin et qu'elles eussent accentué cette imposture en insistant pour qu'on les appelât « Madame la surveillante ».

Les filles étaient âgées de quatre à quatorze ans. Toutes étaient habillées de la même manière. De robes à manches courtes en coton blanc rayées, avec un col bleu marine et une poche cousue sur le cœur. La majorité des filles allaient pieds nus.

Barry Chapman était roux et il enseignait aux trente-huit pensionnaires de l'établissement dans une classe unique. La badine à la main, il était chargé de faire en sorte que les jeunes filles oublient tout de leur famille, de leur langage, de leur culture et apprennent à la place les usages britanniques. Si elles y parvenaient, à l'âge de 15 ans, on leur dégottait des places où elles pouvaient gagner un peu d'argent. Mais pour l'essentiel, elles apprenaient à briquer et à récurer.

Pour son huitième anniversaire, ses copines avaient organisé une petite fête, qui devait avoir lieu dans les buissons environnants, où elles s'étaient confectionné une cabane. Les filles avaient balayé la courette de tous ses débris pour dégager une aire de terre battue. Elles s'ouvrirent de leur projet à Mr Chapman, qui accepta de retenir Lisa pendant que les préparatifs battaient leur plein.

— Viens au premier rang, Lisa, avait dit Mr Chapman, innocemment, j'aimerais que tu m'aides avec un petit travail après la classe.

Lisa était fière d'avoir été choisie pour assister le maître et s'avança pleine d'espoir. Ses amies gloussèrent et quittèrent précipitamment la salle de classe tandis que Mr Chapman écrivait au tableau.

— Pourrais-tu me copier ces titres sur les couvertures de cette pile de cahiers, Lisa ? J'en ai besoin à la première heure demain matin.

Lisa se mit à écrire, lentement tout d'abord, puis de plus en plus vite au fur et à mesure qu'elle se familiarisait avec sa tâche. Elle n'avait pas remarqué que Mr Chapman avait fini d'écrire au tableau et se tenait à ses côtés. Son corps se balançait doucement alors qu'il la regardait travailler. La bosse de son pantalon frôla son bras nu. Elle sentit à quel point la chose était dure alors que le balancement se transformait en cadence. Il se pencha, respirant lourdement tout en passant un bras autour de ses épaules, l'attirant vers lui. Elle arrêta d'écrire, figée dans la terreur. La main s'insinua sous sa robe, dans sa culotte, entre ses jambes. Il bougeait de plus en plus vite, se serrant vivement contre elle.

Lisa rejoignit ses amies à la cabane un peu plus tard que prévu. Ses amies avaient fait de gros efforts pour lui faire plaisir. Des guirlandes en papier crépon et des ballons de baudruche avaient été accrochés aux broussailles autour de la cabane. Elles mangèrent des biscuits au sucre en buvant de l'eau et en chantant des chansons. Toutes les jeunes filles remarquèrent combien Lisa était distante. C'était son anniversaire, mais elle ne participait pas. Ça ne lui ressemblait pas. Pendant les semaines qui suivirent, elle devint encore plus réservée, silencieuse et pensive.

CHAPITRE 9

Gary quitta des yeux l'ordinateur.

— Sortons d'ici, déclara-t-il enfin. Je deviens fou ; je suis hypnotisé par ce foutu écran !

— Laisse-moi juste entrer ces données dans ce nouveau programme, comme ça la machine pourra effectuer quelques vérifications pendant qu'on sera sortis, répondit Lisa.

Elle pianota sur les touches de son clavier et appuya sur « enter ». Voilà. Elle venait d'accéder au nec plus ultra de l'informatique policière, le FLIC (Fichier de lecture d'indices croisés), un programme dernier cri qui allait pointer les petits détails les plus insignifiants de prime abord. Elle avait chargé toutes les informations en sa possession. Elle se leva d'un bond et l'ordinateur se mit à ronronner en exécutant ses commandes.

— On va où ? demanda-t-elle, en faisant cliqueter les clefs de la voiture de service.

— Essayons Everleigh Street. Gary avait les traits fatigués, inexpressifs. Qu'est-ce que tu as demandé à l'ordinateur ?

— Ce n'est pas une machine à laquelle on

pose des questions. En revanche, elle a réponse à tout, répliqua Lisa, un rien pédante.

Sans mot dire, Gary sortit la voiture du parking. Il demeurait plongé dans ses pensées. Tandis que la voiture prenait de la vitesse, il se sentit soudain soulagé de la pression du bureau.

Une rangée de maisons désaffectées à l'extrémité ouest d'Everleigh Street avait été rachetée par une organisation aborigène quelques années auparavant afin d'y loger des sans-abri. Les immeubles étaient aisément reconnaissables dans leurs couleurs bordeaux et rouge.

Gary et Lisa savaient bien que les habitants de Redfern avaient été interrogés et réinterrogés, mais à présent qu'ils avaient des clichés des victimes, les choses seraient peut-être différentes.

La voiture s'engagea dans Everleigh Street, dispersant des enfants qui avaient improvisé un terrain de cricket au beau milieu de la route. L'un des plus âgés ramassa la poubelle qui servait de piquets et la hissa sur le trottoir. Puis il se réfugia dans une maison du bout de la rue. Cinq hommes en sortirent et avancèrent jusqu'au milieu de la chaussée, bloquant le passage. Lisa coupa le moteur. Les hommes s'avancèrent, suivis de toute la marmaille.

— Vous êtes en territoire aborigène. Tirez-vous ! lança un type obèse en agitant les bras.

— Et on est quoi, nous ? cria Gary, ouvrant la portière pour se dresser devant le groupe.

Lisa l'imita.

— Nous enquêtons sur le meurtre des Kooris découverts ici la semaine dernière, lança-t-elle.

Les hommes ne firent pas attention à elle et se tournèrent directement vers Gary.

— Nous savons très bien ce que vous êtes. Tirez-vous !

Gary attrapa le doigt que l'homme plantait sur lui pour la deuxième fois et le tordit d'un coup sec. Dans un geste réflexe, l'homme se fendit d'un crochet que Gary esquiva sans peine et, sans lâcher le doigt, il le ceintura. Les quatre autres vinrent à sa rescousse.

— On ne bouge pas ! cria Lisa. Le son aigu de sa voix figea tout le monde. Elle tenait son arme fermement devant elle, les jambes écartées et le canon pointé sur la poitrine du plus grand des cinq hommes. Entre-temps, tous les occupants des maisons avoisinantes étaient descendus dans la rue.

— Arrêtez ! lança une femme maigre aux cheveux blancs depuis un balcon au deuxième étage. Comme si ces paroles avaient des vertus magiques, le groupe recula et se calma.

— Harry, Joe, venez ici. Vous aussi, les policiers, venez.

Dix minutes plus tard, assis dans le salon de la vieille dame, Gary sirotait du thé dans une petite tasse et tentait de s'expliquer.

— Écoutez, vous devriez vous rendre compte à quel point nous avons de la chance d'avoir enfin des policiers Kooris dans ce pays. Et contrairement à ce que vous avez pu entendre dire, nous ne nous retournons pas contre notre propre peuple. Nous recherchons ceux qui assassinent des Kooris. Pour nous, la race du meurtrier, quelle qu'elle soit, ne fait pas la moindre différence.

— Sauf que vous nous soupçonnez d'avoir fait le coup. C'est pour ça que vous avez rappliqué directement ici, je me trompe ? lança le grand type.

Il s'appelait Harry Williams et dirigeait le conseil de la communauté d'Everleigh Street. Harry avait été chanteur dans un groupe de country à Moree pendant des années avant d'épouser Margaret Stewart et de déménager cinq ans plus tôt à Sydney avec leurs trois enfants.

— Ce n'est pas vrai. La vérité, je vais vous la dire, répliqua Lisa. La vérité c'est qu'on est à court d'idées et qu'on a besoin de votre aide. Un salaud tue des femmes aborigènes. Il les viole et les assassine. Cette fois-ci, la femme avait son fiancé avec elle.

Toute la pièce se tut. Lisa baissa la voix.

— S'il vous plaît. Nous n'avançons pas. Il faut nous aider.

— D'accord ma petite, acquiesça la vieille dame, Milsie Cain. Qu'est-ce qu'on peut faire ?

Gary observait Lisa qui parlementait avec les responsables du quartier.

— Nous n'avons pas encore identifié les corps trouvés près de la voie ferrée. J'ai apporté des photographies des victimes pour vous les montrer. Mais je vous préviens, si ça se trouve, vous les connaissez. Ce sont peut-être des membres de votre famille. Ça ne va pas être agréable. Vous vous sentez prêts ?

Ils échangèrent des regards, opinèrent et acceptèrent en marmonnant. Lisa sortit une épaisse enveloppe de son manteau et fit passer solennellement les photos à la maîtresse de maison, qui les fit suivre. Les deux enquêteurs observaient les visages, à la recherche d'un signe de reconnaissance.

— Je connais ce mec, lança soudain Harry. Il habite Taree. Il s'appelle R…

— Robinson !

Joe Wilson l'interrompit. Il avait débarqué de Taree deux ans plus tôt. Il connaissait très bien les Robinson. Il désigna le cliché du doigt.

— C'est Lionel Robinson. Mon Dieu !

Il recula sa chaise de contreplaqué sur le sol en lino et s'éclipsa aux toilettes.

— Et la femme ? demanda Gary.

Personne ne broncha. La vieille dame se tortillait nerveusement sur sa chaise. Personne ne la connaissait. Gary trouvait étrange que l'on n'ait pas signalé sa disparition. Elle devait bien avoir des collègues de travail, des amis, de la famille. Peut-être était-elle en congé et on ne l'attendait pas encore chez elle. Après tout, on était en période de vacances.

Dehors, une clameur retentit, puis le fracas métallique de la poubelle. La balle de cricket avait touché son objectif. La partie des enfants avait repris.

CHAPITRE 10

Gary attaquait sa troisième semaine de cours moyen deuxième année à l'école primaire de Parramatta Nord lorsqu'il participa à son premier grand match de cricket. Le prof de gym avait été tellement impressionné par ses qualités de lanceur en le voyant jouer à la récré qu'il l'avait aussitôt enrôlé dans l'équipe de l'école.

— Tu sais lancer ? avait demandé l'un des autres gamins.

— Ouais. Pas mal, je crois, avait répondu Gary, avec un sourire timide.

— Passe une balle au nouveau, avait dit le gamin. Qu'on voie de quoi il est capable.

Gary avait senti cinquante paires d'yeux se tourner vers lui alors qu'on lui lançait la balle. Il l'avait attrapée d'un air détaché.

— Déjà, il arrive à attraper la balle, constata Mr Alan, le prof de gym.

Gary parcourut quelques mètres afin de prendre une course d'élan moyenne. Puis il démarra sa foulée, accélérant jusqu'à ce qu'il estime avoir assez de vitesse. Il resserra sa prise sur la balle, deux doigts sur la couture et le pouce en dessous. Il visait le pied gauche du garçon qui défendait. Arrivé devant la marque de lancer, il balança le bras en l'air de toutes ses forces, expédiant la balle avec adresse. Le batteur, pris de court par la vitesse de la trajectoire, entama un pas de danse pour tenter d'éviter le projectile qui fusait en direction de ses orteils. La balle rebondit sous la batte et disloqua les montants du « wicket » sous les vivats ravis des autres garçons. Gary avait humilié le batteur-vedette de l'école à son premier lancer. Il s'imposa bientôt comme le lanceur-maison.

Mais au fur et à mesure que la saison se déroulait, c'est au poste de batteur que Gary fit peu à peu merveille. Il adorait ce défi lancé par le batteur au lanceur et était prêt à se mesurer à n'importe qui. Il adorait défendre ainsi son territoire. Des fois, il restait à son poste tout au long de la partie, sans se faire sortir mais sans marquer beaucoup de points. D'autres fois, il se fixait des objectifs élevés. Le frère d'un ancien capitaine de l'équipe d'Australie détenait le record de l'école : 81 sans être sorti. C'est ce record que Gary s'était promis de battre avant de quitter l'école à la fin de l'année.

Gary aida à transporter le matériel pendant le court trajet qui les conduisait jusqu'à leur match à Belmore Park, à Parramatta Nord. Northmead, l'équipe adverse, avait aligné une attaque à la vitesse de balle redoutable l'année précédente, expliqua-t-on à Gary pendant le trajet. Ça ne l'inquiétait pas plus que ça d'affronter des lanceurs rapides. Il n'y avait rien qu'il aimât tant que de suivre la balle des yeux et d'utiliser la vitesse du lancer à son avantage pour marquer des points. La journée était chaude, et la balle irait encore plus vite.

Gary demanda au prof s'il pouvait battre d'entrée de jeu. Généralement, il entrait en jeu un peu plus bas dans la liste. Mais il expliqua qu'il aimait les lanceurs rapides et qu'on venait de lui dire qu'il y en avait un ou deux dans l'équipe de Northmead. Quinze minutes plus tard, Gary était au centre du terrain, attendant le premier lancer de la partie.

Les longs cheveux noirs de Maxie Ellis voletaient autour de son visage alors qu'il s'élançait pour ouvrir les débats. Sa première balle fut rapide, mais approximative, et elle rebondit à distance respectable des piquets. Gary la regarda passer puis leva sa batte comme s'il allait la frapper à la dernière minute. La feinte le fit sourire, mais le lanceur ne partageait pas sa bonne humeur. La deuxième balle fut encore plus rapide et elle amorçait un mouvement tournant en direction de ses mollets, forçant Gary à baisser sa garde pour éviter qu'elle ne touche ses jambes. La balle rebondit sur la batte et retourna doucement à l'envoyeur. Ce fut au tour de Maxie Ellis de se fendre d'un sourire sarcastique alors que Gary retrouvait péniblement son équilibre.

Gary laissa passer deux balles supplémentaires, puis remarqua que la suivante était un peu courte et moins forte que les précédentes. Il la vit approcher, aussi grosse qu'un ballon de football, et eut tout son temps pour lever sa batte, amorcer son mouvement et frapper par-derrière. Le doux bruit de la balle sur le bas de la batte fut un délice, et elle fonça au-delà du lanceur, jusqu'aux drapeaux qui marquaient les limites du terrain. Le prof de gym, qui officiait comme arbitre côté lanceur, accorda les quatre points.

Une heure et demie plus tard, Gary rejetait la tête en arrière pour laisser couler le Coca-Cola glacé au fond de sa gorge. La pause citron avait été décrétée plus tôt que d'habitude en raison de la chaleur. Gary avait inscrit cinquante-deux points, le reste de l'équipe n'en avait ajouté que douze en perdant cinq joueurs. Le record était en vue à la condition que ses partenaires ne soient pas éliminés trop vite. Or les cinq joueurs qui restaient sur la feuille étaient plutôt des lanceurs. Mais il se voulait confiant alors que ses amis l'encerclaient, tout sourires, encouragements et quolibets. Elle était là, sa chance de rester dans les annales de l'école.

Mais Maxie Ellis et Barry Douglas, les deux lanceurs vedettes de Northmead, ne l'entendaient pas de cette oreille.

Le prof de gym tapa dans ses mains pour indiquer la reprise. Gary regagna doucement le centre du terrain. Il ne put réfréner un sourire alors qu'il s'apprêtait à subir à nouveau le feu nourri des attaquants de Northmead.

La première balle de Barry Douglas était prévisible. Rapide et directe. Elle visait son « wicket », mais le tir était un peu court. Gary la claqua hors des limites. Quatre points. La suivante arriva plus vite, mais elle était aussi un peu courte et il lui infligea le même traitement. La balle regagna le gant du « guichetier » par l'intermédiaire de deux joueurs tandis que le lanceur retournait à son point de départ pour remettre ça. Gary en était à soixante points.

Posté derrière Gary, le guichetier de Northmead, ganté et molletonné, lança des encouragements à son lanceur en lui renvoyant la balle.

— Vas-y Barry, sors-nous ce Noir de là… C'est l'heure de la promenade.

Toute l'équipe éclata de rire.

— On arrête ce genre de remarques ! s'insurgea Mr Alan, en jetant des regards furieux à l'autre arbitre. Mais le prof de gym de Northmead haussa les épaules.

La peau noire de Gary se teinta de rouge et il cligna des yeux.

Requinqué, le lanceur prit son élan. Mais Gary était encore plus déterminé qu'auparavant. Il trottina pour anticiper le rebond de la balle. Mais elle quitta la main du lanceur beaucoup plus lentement qu'il ne l'avait prévu et le prit complètement à contre-pied. Elle passa sous la batte qui fendit l'air en vain, et passa tout près des piquets. Une clameur s'éleva dans les rangs de Northmead tant le coup était passé près. Gary regagna sa base en soupirant. Le guichetier récupéra la balle et la renvoya au lanceur.

— Cette fois, le nègre, dégage, lança-t-il.

Ses partenaires éclatèrent d'un rire sonore,

décomplexés par l'impertinence de leur camarade. Les professeurs se regardèrent.

— C'est la dernière remarque de ce genre, menaça finalement le prof de Northmead.

Mais Gary laissa passer la balle suivante, puis celle d'après, puis la suivante. Le cœur n'y était plus.

— Over ! cria Mr Alan pour indiquer le changement de lanceurs.

Gary resta sur sa base et le prof de Northmead vint se placer à ses côtés pour officier comme arbitre derrière ses piquets.

— Tu balises, maintenant, hein ? glissa-t-il discrètement à Gary, sans desserrer les dents.

Gary s'écarta alors que Maxie Ellis revenait à la charge, balle à la main.

Michael Jones défendait l'autre « wicket ». Il agita sa batte maladroitement en direction de la balle qui fusait, déclenchant quelques gloussements, puis des « oooh » et des « aaah » alors qu'elle passait à deux doigts des piquets. La balle suivante les pulvérisa : Michael était sorti sans avoir marqué un point. Les espoirs de record de Gary s'amenuisaient. Cinq balles plus tard, Ray Carlisle était éliminé. Et Gary n'avait même pas eu l'occasion de se retrouver du côté du jeu.

— Over ! cria le prof de Northmead.

Puis il ajouta dans un murmure en direction de Gary, avant de s'éclipser :

— Le prochain dehors, c'est toi, sale petit nègre…

Gary encaissa le coup. Les équipes se remirent

en place alors que Barry Douglas s'avançait pour lancer.

— Vas-y, Barry, ce putain d'Abo ne vaut rien... Tu nous le sors ! gueula le guichetier à l'adresse du lanceur.

Gary laissa tomber sa batte et se retourna. Le garçon se décomposait. Il resta bouche bée lorsque Gary l'agrippa par le col. Il l'ajusta soigneusement, serra le poing, et le coup partit, en plein dans l'arête du nez. Le craquement résonna jusqu'à l'autre bout du terrain. Le sang coula sur le plastron de la chemise blanche du garçon.

— J'en ai rien à foutre des imbéciles comme toi, sale raciste à la face de rat ! hurla Gary en frappant à la mâchoire.

Les professeurs les séparèrent et, après une discussion animée, convinrent de déclarer match nul. Sur le chemin du retour, Mr Alan n'arrêtait pas de réconforter Gary, en lui disant qu'il n'y était pour rien. Mais Gary ne rejoua jamais au cricket.

CHAPITRE 11

Evelyn se laissa doucement couler dans le bain brûlant. L'eau piquait sa peau dans le dos et dans les reins mais c'était une sensation agréable. Elle soupira très fort, inhala la vapeur et l'arôme des bulles de mousse. Elle se laissa glisser au fond, sur le dos, laissant ses épaules reposer sur le bord incliné de la baignoire sabot. Épuisée, elle ferma les yeux. L'eau venait clapoter sur son menton. Dans le mur, la tuyauterie claquait et frissonnait.

Au bout d'un moment, Evelyn entendit comme des légers coups frappés à la porte. Impossible de dire si c'était la sienne. Peu importait, elle ne bougerait pas. Voilà que ça recommençait. On tapait à nouveau. On aurait dit un animal, un chien peut-être, recroquevillé sur le seuil.

Evelyn laissa l'eau entrer dans ses oreilles en s'affaissant sous la surface. Les yeux toujours clos, elle entendait de la musique au loin. Elle se mit à penser à la danse et à Danny.

De prime abord elle avait été impressionnée par Danny lorsqu'elle avait commencé à travailler sous ses ordres. Elle venait d'une petite communauté, d'un clan qui avait toujours son langage et sa terre. Danny avait été un merveilleux mentor, pas seulement parce qu'il l'avait engagée dans la compagnie, mais aussi parce qu'il s'était personnellement intéressé à elle, l'aidant à se faire à la vie dans les grandes villes jusqu'à ce qu'elle se sente enfin à son aise, en confiance. Son peuple pratiquait toujours la chasse et la cueillette comme ils le faisaient depuis des siècles et comme elle l'avait fait elle-même avant d'arriver à Sydney. Le changement de vie qu'elle avait entrepris était vraiment spectaculaire. Mais cela remontait à des années. Et à présent, Danny était devenu un ami cher, quelqu'un à qui elle tenait énormément. Elle était profondément inquiète pour lui.

Les coups à la porte se firent plus pressants. Ce n'était pas un animal. Mais Evelyn n'attendait pas de visite et avait décidé aujourd'hui de n'admettre personne dans son sanctuaire.

Le vagabond savait bien qu'elle était là. Pourquoi n'ouvrait-elle pas ? Il avait soigneusement dosé le genre de coups qu'il entendait utiliser. Il ne voulait pas qu'ils résonnent trop fort sur la porte. Il voulait lui montrer toute la douceur qui était en lui. Il s'était fait une telle joie de faire sa connaissance aujourd'hui.

CHAPITRE 12

Le réveil électronique de Gary annonça le début de la journée d'un long bip. Il s'éveilla, ouvrit de grands yeux et se redressa vivement. Helen, sa femme, tourna le cou et lui parla doucement.

— Ça va, mon chéri ?

— Ouais, répondit-il.

— Tu as assez dormi ?

— Ouais, ça va aller, j'ai bien dormi.

— Ça fait une longue route.

Elle savait bien qu'il ne s'était pas couché avant minuit.

— Ça va aller.

Helen se leva quand même. Elle ne pouvait pas laisser Gary partir pour Taree sans participer, même s'il était quatre heures du matin.

Gary et Helen formaient un beau couple. Ils s'étaient rencontrés trois ans plus tôt à une soirée où ils étaient venus tous les deux accompagnés. Ils avaient tout de suite accroché et beaucoup ri. Après ça, pendant des semaines, Helen avait poursuivi activement Gary de ses assiduités. Il se sentait flatté, mais était très bien dans sa relation avec Patricia, une étudiante aux Beaux-arts à la fac de Sydney qu'il voyait depuis six mois. Le type avec qui Helen était venue à la soirée était le frère d'un ami, un bon copain, pas un amant potentiel.

Gary leva la tête pour faire couler l'eau de la douche sur son visage et sur le reste de son corps et puis il éteignit le robinet d'eau chaude. L'eau froide le tétanisa de la tête aux pieds. Il se rappelait que c'était son entraîneur de natation qui lui avait dit de toujours terminer une douche à l'eau froide. Ça refermait les pores de la peau et prévenait les infections et les maladies. L'odeur du café chaud envahit la maison.

Gary n'avait pas trop su quoi penser lorsque la bourse de recherche de Patricia, qui incluait un séjour de sept semaines à Paris, avait été accordée. Mais cela avait laissé le champ libre à Helen, qui avait comploté aussi patiemment et sans relâche qu'une femme peut le faire à l'autre bout du téléphone. Ils se marièrent une année plus tard. Le père d'Helen, un Irlandais, australien de la troisième génération, et sa mère, anglaise d'origine, ne surent d'abord pas trop quoi penser de cette union entre leur fille et un Aborigène. Mais trois années plus tard, ils avaient pu constater à quel point leur amour avait mûri et la naissance de leur petit-fils adoré, David, avait fait tomber les dernières barrières.

Alby, le mari de couleur de Lisa, s'assit dans le lit et la regarda s'habiller. Il ne voyait pas d'un bon œil ce voyage de sept jours de son épouse avec un autre homme. Il avait croisé Gary brièvement et le courant était passé, mais s'il avait eu à choisir avec qui il aurait aimé que sa femme passe une semaine, ce n'aurait certainement pas été lui. Gary était tout ce qu'il n'était pas. Sportif, il avait une bonne situation, savait s'exprimer, avait confiance en lui, de la stature, de l'élégance et les dents les plus blanches, les plus impeccables d'Australie.

— Tu es très belle, constata-t-il alors qu'elle se tenait devant lui, presque nue. Tu m'appelleras ou tu préfères que ce soit moi ? demanda-t-il.

— J'appellerai, je ne serai pas forcément dans ma chambre, répondit Lisa, qui souriait en dépit de la fatigue.

— Y a-t-il des chances que tu sois partie plus d'une semaine ?

— Ça m'étonnerait. Il y a même des chances que ce soit moins d'une semaine. Elle se retourna et lui adressa un nouveau sourire. T'inquiète pas, ça va passer vite. Je pars pas en vacances, tu sais.

— Je sais. J'ai juste envie de venir avec toi.

Elle avait déjà préparé sa valise. Y rajoutant quelques affaires de toilette, elle la ferma, puis la posa dans l'entrée de leur petit T2 situé dans une tour, à un étage assez élevé. Elle s'arrêta, pensive.

— Qu'est-ce que j'ai oublié ?

La sonnette de l'interphone retentit au beau milieu du silence profond du petit matin. Alby sortit de la chambre et jeta ses bras autour de Lisa. Ils s'embrassèrent et se serrèrent l'un contre l'autre. La sonnerie reprit de plus belle. Lisa se libéra de l'étreinte et se saisit du combiné de l'interphone.

— Bonjour, Gary, j'arrive tout de suite.

— Prends ton temps, répondit-il.

Tandis qu'elle reposait le téléphone, Alby se glissa derrière elle et l'enlaça une dernière fois. Ses mains coururent le long de ses hanches et sous sa jupe courte. Elle se retourna et l'embrassa encore.

Gary plaça l'unique valise de Lisa dans le coffre de la voiture, à côté de la sienne. Tous les deux étaient d'humeur joyeuse et en dépit de la fatigue, du stress et de l'inquiétude liés à l'affaire, une ambiance de vacances prenait le dessus. Bientôt, ils passaient sur le pont de Sydney Harbour, direction le Nord. Si la circulation était bonne, ils pouvaient être à Taree en trois heures et demie. Lisa alluma la radio, la musique emplit la voiture. Elle se cala au fond de son siège et se détendit en prévision de la longue route qui les attendait. La Ford Falcon verte traversa l'intersection à cinq voies de Crows Nest, habituellement encombrée, et accéléra en direction du Nord, à contre-courant des travailleurs du petit matin se rendant en ville. À l'Est, le ciel se parait d'un bleu plus clair, mâtiné d'orange vif ; à l'Ouest, les étoiles brillaient encore à l'horizon.

CHAPITRE 13

Je voulais seulement lui parler. Je ne voulais rien d'autre. Evelyn aurait dû ouvrir cette porte. Elle commence vraiment à me foutre en rogne.

J'ai mis au point un nouveau déguisement. L'autre jour, je m'amusais comme ça avec mon matos de maquillage quand j'ai trouvé par hasard comment on fabrique un faux nez. Du coup, j'ai acheté une perruque et j'ai mis le faux nez et, sérieux, ça me donne l'air carrément différent, vraiment moche. Les femmes regardent pas les mecs laids et c'est clair que j'ai aucune envie qu'elles me regardent. En tout cas jusqu'au moment où je l'ai décidé. J'ai fait des essais hier. Je suis allé traîner au supermarché de Redfern. Y avait plein de Noirs là-bas, je me suis mêlé à eux. Un super endroit pour dénicher des bonnes femmes. Mon idée marche du feu de Dieu. Personne n'a fait attention à moi. J'étais vraiment trop laid.

La semaine dernière, je suis allé au football, voir les Redfern All Blacks. Les bonnes femmes « abos » pètent les plombs à ces matches. Elles picolent un peu. Elles balancent des trucs, elles crient des insultes au pauvre type qui arbitre ce match de merde, et l'attendent à la sortie. C'est à mourir de rire. En plus, j'ai vu de sacrées belles gonzesses là-bas. Mais tout ça, ça me confirme à quel point Evelyn est bonne… Elle a vraiment de la classe, pour une négresse. Quand elle marche, on dirait un ballet. J'ai vraiment envie d'elle. Je me suis pas senti aussi excité depuis un bail. Je vais lever une grosse ce soir au pub, juste histoire de tirer un coup en attendant.

Tiens, j'ai envoyé un paquet aux flics avec des infos sur une de mes filles. Vous voyez, histoire de les aider un peu. Faut que je mette ma collection d'articles à jour, une fois qu'ils l'auront retrouvée par exemple.

CHAPITRE 14

À dix ans, Lisa se sentit libérée d'un grand poids lorsque Mr Chapman fut transféré de la pension Bombala à une école ordinaire de Sydney. Après cette première fois, il ne s'était plus jamais intéressé à elle, préférant des filles plus âgées.

Même si son travail scolaire en avait souffert, elle avait continué à obtenir de bonnes notes dans toutes les matières. En dernière année, les filles de Bombala avaient passé leurs examens avec les enfants de l'école locale et elle s'était distinguée comme la meilleure élève de la pension. Elle avait même fait mieux que la plupart des enfants de son âge en ville.

Lisa s'était mise à fréquenter trois autres filles plus âgées : Brenda et Lizzy, qui avaient toutes les deux douze ans, et Beverly, qui en avait quinze. Les seins de Brenda avaient poussé au cours de l'année écoulée et elle avait déjà ses règles, mais Lizzy n'avait ni l'un ni l'autre. Lisa sentait venir l'adolescence. Ses amies l'encourageaient à des lectures plus intéressantes. Elles lisaient la presse féminine toutes ensemble. Elles adoraient lire des articles sur les gens de la ville, comment ils vivaient, les produits qu'on cherchait à leur faire acheter, les histoires, les scandales. C'étaient des contes de fées pour ces enfants aborigènes, comme pour la plupart des lectrices adultes et blanches de ces revues. Leurs esprits influençables étaient déjà totalement imprégnés de cette propagande. Elles ignoraient tout de leur propre culture. Le programme d'assimilation du gouvernement semblait fonctionner à merveille.

Malgré son soulagement après le départ de Mr Chapman, Lisa était triste. Il se murmurait que Beverly, qui était la plus âgée des filles de Bombala, allait les quitter dans une semaine. Le personnel lui avait trouvé une place dans une maison. Un éleveur, sa femme et leurs cinq enfants, avaient besoin de quelqu'un pour travailler sur leur exploitation près de Nyngan. On disait que la ferme était loin de tout.

Lorsque l'heure du départ eut sonné, les larmes coulèrent abondamment. Les filles étaient très liées à Bombala. Elles s'étaient recréé un foyer exclusivement féminin. Pour la plupart d'entre elles, c'était la seule famille dont elles disposaient. Dehors, devant le taxi qui la conduisait à la gare, Lisa referma les doigts de Beverly sur un petit mot qu'elle lui avait écrit.

En partant vers son destin, alors que le taxi démarrait au milieu de la poussière, des larmes et des adieux, Beverly lut ce que Lisa avait écrit.

Ma chère Bevvy,

Tu as de la chance de partir enfin. Enfin libre de découvrir la vie. Je suis tellement excitée pour toi. Bonne chance ! Et écris-moi. Je t'aime. Tu es ma grande sœur préférée et tu vas me manquer énormément.

Amour pour toujours.

LISA.

Gary attrapa le poignet de Lisa et la réveilla doucement. Elle dormait depuis un long moment. Trois heures et demie, presque exactement, après leur départ de Sydney, ils traversaient le pont métallique qui enjambait la Manning River. Ils débouchèrent dans la rue principale de Taree. La ville était un havre de verdure et de propreté, animé et prospère.

— Désolé, dit-elle. J'étais crevée.

— Pas de problème. On est arrivés, annonça Gary, avec joie.

— C'était pas si long, finalement… remarqua Lisa en se dégourdissant les jambes.

— Non, pas quand on dort tout du long.

— J'ai pas dormi tout du long !

— Non, seulement les cent cinquante derniers kilomètres, plaisanta-t-il. Si on allait d'abord au motel ?

Gary conduisit la voiture jusqu'à un portail qui indiquait « River View Motel ». Ils s'enregistrèrent et s'installèrent dans des chambres contiguës. Chacune offrait une vue sur le fleuve, dont les eaux brunes charriaient la vase de l'amont, où il pleuvait depuis deux jours. Le décor du motel rappelait un peu « Deux flics à Miami » au niveau des couleurs : tout était peint en pastel rose, vert et bleu. Ils convinrent de se retrouver au bar dans un quart d'heure et disparurent l'un et l'autre derrière des portes d'un même bleu pastel marquées des chiffres sept et huit, inscrits dans un motif qui avait dû faire fureur dans les années 50.

Le poste de police de Taree avait été conçu dans un style que l'architecte du gouvernement local devait trouver « moderne ». Beaucoup de verre, des galets sortis des rivières environnantes, du ciment, du bois local, le tout coiffé d'un toit de tôle ondulée, qui obéissait aux normes écologiques et disposait d'un panneau solaire pour chauffer l'eau du bâtiment. Gary et Lisa tombèrent sur des policiers blancs, tous assez sympathiques. Ici, ils avaient l'habitude des Aborigènes, puisque la population locale de « Noirs » était de mille cinq cents personnes environ. Les collègues indiquèrent à Gary où habitaient les Robinson.

Gary et Lisa se retrouvèrent dans une rue étroite et résidentielle à l'extrémité nord du quartier aborigène de Taree. La plupart des maisons étaient en placoplâtre renforcé d'amiante et avaient des toits en tôle rouge. Toutes avaient sérieusement besoin d'entretien.

La famille Robinson avait déjà été avertie par les autorités de la mort de Lionel. Tandis que Gary allait se garer devant la maison, il soupira longuement.

— Je déteste ça, dit-il.

Lisa acquiesça.

La porte fut ouverte par une adolescente portant un bébé sur sa hanche.

— Oui. C'est pourquoi ? demanda-t-elle.

— Nous sommes des policiers de Sydney et nous enquêtons sur la mort de Lionel Robinson, répondit Gary.

— Ah ouais, d'accord, entrez, dit la fille. Maman, la police !

Elle les fit asseoir sur un petit divan. Les Robinson étaient pauvres, mais leur intérieur était bien tenu. Le sol était recouvert de lino coloré. Les murs étaient peints en bleu ciel.

— Madame Robinson ? demanda Gary.

— Oui, c'est moi, répondit la vieille dame.

— Je suis l'inspecteur Leslie et voici l'inspecteur Fuller. Nous sommes venus vous poser quelques questions en rapport avec le décès de votre fils. Nous pouvons revenir, si vous préférez.

— Non, c'est bon, répondit-elle. Que voulez-vous savoir ? Je ne vois pas bien ce que je peux vous dire, je n'étais pas à Sydney au moment des faits. Ça va faire dix ans que j'y suis pas allée.

Gary et Lisa commencèrent leur interrogatoire doucement, et découvrirent que Lionel avait quitté la maison voilà un an. Ils réunirent autant d'information sur son passé qu'ils le purent mais tout cela était très superficiel : les emplois qu'il avait occupés, les écoles où il avait étudié, les endroits qu'il affectionnait, ses passe-temps. Peut-être y avait-t-il dans tout ça un élément qui le relierait au tueur.

Gary continua à questionner la vieille femme nerveuse.

— Lorsque la police vous a informée de la mort de votre fils, vous a-t-elle dit qu'une jeune femme avait été retrouvée morte à ses côtés ?

— Non, je ne le savais pas.

Lisa enchaîna aussitôt.

— Vous souvenez-vous s'il a évoqué une petite amie ? Un nom, n'importe lequel ?

Madame Robinson répliqua :

— Oh oui, il avait une fiancée. Vera. Vera Turner.

Lisa sortit une photo de la morte de son sac et la montra à la femme. Tous les occupants de la maison approchèrent pour la voir de plus près.

— Est-ce qu'il s'agit de Vera Turner, Madame Robinson ? demanda Lisa.

— Oh, mon Dieu. Oui, c'est elle…

CHAPITRE 15

Les chambres du River View Motel sentaient le citron de synthèse. Lisa tomba de tout son long sur le lit après une longue et harassante journée passée à rendre visite à quatre communautés aborigènes. Toutes faisaient partie de zones de développement prioritaires du gouvernement : de petites maisons construites à la va-vite, de placo et de briques. Toutes étaient installées à l'écart de la ville, là où « les problèmes » étaient gérables, faciles à contenir et surtout, isolés du reste de la population et à l'abri des regards. La plupart des routes qu'ils avaient parcourues étaient des chemins privés à l'exception d'une portion en terre battue.

Lisa rêvait d'une longue douche chaude, mais elle devait d'abord rassembler son énergie.

Gary retira sa chemise, décrocha le téléphone, appela Helen à la maison et retourna sur le lit. La climatisation ronronnait et tremblotait.

— Allô, ma chérie, comment allez-vous, tous les deux ?

— Ça va, David aussi. Et toi ?

— Bien, bien.

— Et le voyage, ça s'est bien passé ?

Helen semblait plus enjouée.

— On a fait un bon bout de route. On a découvert l'identité de la fille ce matin. Elle était originaire du coin, elle aussi. Du coup, nous avons passé toute la journée à parler à des gens qui les connaissaient tous les deux. Tu vois le topo, recouper des éléments sur leur passé. Où ils allaient, ce qu'ils faisaient, quel genre de personnes ils étaient. Ils n'habitaient pas Sydney depuis très longtemps. Redfern est rempli de Kooris qui ne sont que de passage. C'est pour ça que nous sommes montés ici. C'est ici qu'ils ont passé l'essentiel de leur existence. En tout cas, tout va bien.

De l'autre côté de la mince cloison du motel, il entendait Lisa qui prenait une douche. Il l'imagina, nue et mouillée.

— On a encore pas mal de choses à voir ici.

— Ça va prendre combien de temps ? Tu as déjà une petite idée ou c'est trop tôt ?

— C'est un peu tôt.

Lisa laissait l'eau dégouliner de sa tête jusqu'au bas du corps. Ses cheveux lui collaient au cou et aux épaules. Elle augmenta l'eau chaude.

— Maman a appelé ce matin. Elle aimerait qu'on passe dimanche pour un barbecue, si tu es rentré. Tout le monde sera là. Anne et Peter, June et les filles, Michael, tout le monde…

— Difficile de savoir si on sera rentrés.

— Mais c'est le week-end.

— Je sais bien, mais on va pas se taper tout le

trajet vendredi pour revenir ici lundi. Il faut qu'on finisse d'abord ce qu'on a à faire.

— Et comment Lisa prend tout ça ?

— Lisa ? J'en sais rien. Bien, je pense…

Lisa sortit de la douche et se saisit d'une serviette sur le porte-serviettes. En se séchant, elle entendait la voie assourdie de Gary. Il devait être au téléphone.

Plus tard ce soir-là, Gary frappa à sa porte.

— Ce n'est que moi, annonça-t-il.

Ils avaient déjà décidé de dîner dans le restaurant thaï éclairé de néons en face du motel. En approchant du bâtiment illuminé de vert et de rouge, Lisa observa Gary. Pour la première fois, elle le regardait comme un homme. Jusque-là, il n'était qu'un collègue de travail. Mais ce soir, c'était différent.

Ils s'entendaient très bien. Gary pouvait parler à Lisa et elle arrivait à se confier à lui.

— On peut dire qu'Helen me tient assez fermement en laisse, mais je m'en moque. On ne se quitte jamais, déclara-t-il.

Assis face à face, les deux enquêteurs firent un peu plus attention l'un à l'autre qu'à l'accoutumée. Se regarder dans les yeux ne les gênait ni l'un ni l'autre et ils appréciaient cette intimité autour d'une table.

— Ça ne fait pas très longtemps que vous êtes mariés, demanda-t-elle.

Elle connaissait très bien la réponse.

— Cinq ans. Et toi ?

— Alby et moi avons vécu ensemble un petit

moment avant de nous marier. Du coup, ça fait à peu près quatre ans.

Elle pencha la tête sur le côté tout en faisant le calcul.

— Oui. Quatre et demi le mois prochain. Mais mariés depuis deux ans seulement.

Une serveuse thaïe toute menue approcha de la table.

— Vous désirez du vin avec votre repas ce soir ? demanda-t-elle très sereinement en tendant les menus avec des petits gestes lents de danseuse, parfaitement étudiés.

— Oui, s'il vous plaît.

Gary avait répondu très vite. Dans la lumière tamisée, il vit qu'un large sourire entendu éclairait le visage de Lisa et qu'elle s'efforçait de le dissimuler en partie derrière la grande carte rouge du menu.

Des bruits étranges tirèrent Lisa d'un profond sommeil le matin venu. Incapable de se rendormir, elle tendit le bras pour attraper la télécommande de la télévision posée sur la table de chevet et appuya sur le bouton marche. Elle passa en revue les chaînes : dessins animés, programmes pour la jeunesse, et puis le générique de l'émission « Australia Today ». Elle bâilla en regardant une interview ennuyeuse sur la discrimination sexuelle dans une usine sidérurgique de Wollongong. Quelques minutes s'écoulèrent et ce fut l'heure des infos. Le présentateur arborait un air grave en lisant sur le prompteur : « La police a retrouvé ce matin le corps d'une femme à moitié dénudée dans le bush au Lac Parramatta. Selon nos informations, la police avait été renseignée par un paquet anonyme indiquant le lieu où se trouvait le corps. On a retrouvé le cadavre près de l'eau, à seulement quelques mètres d'un lieu de baignade très prisé l'été. Nous retrouvons sur place pour la chaîne 8 Maureen Moore. Maureen… »

L'image passa à l'équipe de cameramen sur place. Très professionnelle, Maureen Moore et son visage de cire étaient impeccables. Elle changea délicatement de pose, marqua un temps d'hésitation puis se lança dans le laïus qu'elle avait préparé.

— Bonjour, Ross. L'ambiance est grave ici au lac Parramatta après la découverte du corps d'une jeune femme. À environ onze heures la nuit dernière, la police a pris livraison d'un paquet contenant des informations l'enjoignant de fouiller cette zone bien précise du bord du lac. Comme vous pouvez le voir, la police a fait boucler le secteur et est toujours à la recherche d'éléments susceptibles de l'aider dans son enquête.

Une bruyante activité dans son dos la fit se retourner.

— Un instant… Il se passe quelque chose derrière moi. Oui, Ross, il semble qu'on soit en train d'emmener le corps.

Le spectacle parut par trop familier à Lisa. La police, le cordon tendu autour de la zone, les officiers du bureau du coroner, les photographes, la housse plastique. Alors qu'ils avançaient maladroitement sur un faux plat, l'un des brancardiers trébucha. Le corps chuta lourdement et la housse se fendit partiellement au niveau de la fermeture Éclair. Sous le choc, la journaliste n'en poursuivit pas moins, toute excitée :

— Oh, mon Dieu. Un bras est tombé du sac. C'est affreux ! Oh non… Le corps glisse hors de la housse. Mon Dieu ! Mon Dieu !

Le corps d'une jeune Aborigène s'extirpa du sac à viande.

C'est passé à la télé matin. Et j'ai tout enregistré… c'était génial, absolument génial. Ils l'ont trouvée. Il a fallu que je les aide en leur envoyant des trucs. Mais bon sang, c'était génial ! Elle est tombée de ce putain de sac !

La visite de travail à Taree de Gary et Lisa tourna court. Ils n'avaient pu y consacrer qu'une journée pleine, mais ils avaient le sentiment de ne pas avoir perdu leur temps.

La partie septentrionale des Nouvelles-Galles du Sud était recouverte de nuages et il plut pendant la majeure partie du retour. Lisa conduisit directement jusqu'à Parramatta. La pluie avait cessé lorsqu'ils se garèrent sur la rive du lac. Une petite équipe de techniciens était encore à l'ouvrage. Ils les informèrent qu'ils avaient découvert un corps en état de décomposition avancée qu'ils avaient expédié à la morgue. Gary tira sur sa cigarette, avala profondément et laissa la fumée s'échapper en marchant sur les pas de Lisa le long des rives du lac.

Il ne peut plus rien rester de concluant ici,

pensa Gary. Mais ils examineraient tout de même la zone. Une forte odeur d'eucalyptus se dégageait des arbres qui les entouraient. Le sol était meuble sous les pieds. Gary s'approcha au plus près du bord de l'eau. Il avait souvent nagé dans ce lac. Quand il avait douze ans, il habitait tout près de là. Ses yeux revinrent se porter sur Lisa, qui se penchait sur la forme du corps dessinée à la peinture blanche dans l'herbe rase. Elle inspectait le sol de près. Il s'approcha encore, comme tiré, attiré par une force magnétique. Un frisson télépathique le submergea. Une impression étrange, insaisissable, le fit se retourner et regarder de l'autre côté du lac. Là, à une centaine de mètres, un homme se tenait droit, dans une pose de bravade, les jambes bien écartées, les deux mains sur les hanches. Il souriait. Gary regarda Lisa puis vers l'homme.

— Salopard ! C'est toi ! cria Gary.

Mais il n'y avait plus personne.

Plus tard dans la journée, Colin Richards entra en trombe dans le grand amphithéâtre où se déroulaient les autopsies et alla se placer derrière son assistante. Les rebords de la table d'opération en inox étaient relevés. D'où Gary se trouvait, près de la porte, il ne pouvait voir le cadavre de la femme en entier. D'abord, le tee-shirt fut retiré et placé dans un sac en plastique. Une odeur âcre et puissante émanait du corps. Les deux infirmiers discutaient ferme en procédant à la dissection. Des bruits de liquides et d'organes retirés du corps forcèrent Gary à battre en retraite et à regagner la réception, où l'attendait Lisa.

— Deux balles dans la tête, déclara Richards en les rejoignant l'autopsie achevée.

Il marchait d'un pas rapide et fit signe aux deux policiers de le suivre.

— Nous savons de qui il s'agit. Elle a été formellement identifiée par un proche.

Il sortit un papier qu'il se mit à lire.

— Oui. Son frère. C'est un miracle qu'il ait pu la reconnaître. Elle était sacrément décomposée, mais le visage a bien tenu le choc. Elle était sur notre liste de disparus depuis pas mal de temps. Elle s'appelait Maggie Crawford. J'ai tous les éléments dans le bureau.

Le trio avança dans le vaste couloir carrelé de blanc.

Assis dans son fauteuil, Richards entra dans les détails.

— Elle a été violée et abattue avant d'être jetée dans le lac. Nous ne pouvons être certains de la date du décès en raison de l'état avancé de la décomposition, mais on peut l'estimer entre deux et trois semaines. Ses bras, ses jambes et son cou avaient été ligotés. Les blessures ont fait une large ouverture sur le côté de la tête. Il n'y avait pas de balle dans le corps ou sur les lieux. On pourrait s'attendre à ce que de telles blessures donnent lieu à d'importants saignements, mais on a retrouvé très peu de sang sur place. Voyons voir. Nous avons découvert des traces de fibres sur le dos de son tee-shirt. Elle a peut-être été traînée sur un tapis. Un tapis de sol de voiture ou de camionnette. Nous devrions parvenir à identifier le modèle et la marque dans la journée. On a aussi retrouvé de nombreuses traces de sperme, ce qui indique des éjaculations répétées.

— Avez-vous vérifié l'ADN pour voir s'il correspond à notre autre échantillon ? demanda Lisa.

— Oui, j'ai déjà fait la demande. Vous aurez la réponse par fax dès que le rapport arrivera sur mon bureau.

— Avez-vous l'adresse du frère ? demanda Gary.

— La voilà.

Richards farfouilla dans une chemise cartonnée, en sortit un formulaire en double page et y trouva ce qu'il cherchait. Colin Crawford, 51 Hassall Street, Parramatta. Pas de téléphone.

Plus tard, alors qu'ils descendaient Hassall Street, Gary se confia enfin à Lisa.

— Écoute… je crois que je l'ai vu aujourd'hui.

— Quoi ! Quand ?

— Je suis pas certain à 100 %, mais c'est quand on était au lac. J'ai été attiré par quelque chose à l'écart du lieu où nous avons retrouvé le corps.

— J'avais remarqué…

— Oui, eh bien… c'était comme si un aimant m'avait attiré, m'avait forcé à longer le rivage. J'ai tourné la tête presque malgré moi et je l'ai vu, qui me souriait de l'autre côté de l'eau. Il avait… un sourire de dingue. Inquiétant, tu vois, les jambes écartées, les mains sur les hanches.

— Mon Dieu !

— C'est ça même. Le syndrome classique du

retour sur les lieux du crime. Je me suis senti tout tourneboulé, je préfère te le dire.

— Vraiment ?

— Je pense qu'on devrait laisser quelqu'un là-bas pour attiser son appétit. Pendant ce temps-là, on gardera l'œil.

— Tu devrais faire un portrait-robot.

— Ce n'est qu'un pressentiment.

— Je m'en fiche. Ça fera un pressentiment scientifique.

Gary hésita un moment, puis reprit :

— Que dirais-tu si on doublait nos chances en nous séparant. On pourrait couvrir plus de terrain.

Lisa se sentit abandonnée.

— Si tu veux… D'accord. Bien sûr. Mais tu ne veux pas qu'on travaille tout le temps chacun de notre côté ?

— Non, non. Juste pendant cette phase de surveillance. Après on verra comment ça tourne.

— C'est une bonne idée, admit Lisa, qui voyait où Gary voulait en venir. Mon Dieu, dire que tu l'as vu !

Ils descendirent de voiture devant une maison où le chiffre 51 était peint sans fioritures sur la boîte aux lettres et s'avancèrent jusqu'à la porte. Gary prit Lisa par le bras pour l'aider à monter une marche assez rude. Elle se tourna vers lui, l'air froissé.

— Désolé, se reprit-il, retirant son bras vivement.

Rien de concluant ne filtra du long interrogatoire de la famille Crawford. Ils interrogèrent ses proches sur les habitudes de Maggie, ses activités, ses amis, ses petits amis, les lieux qu'elle fréquentait, ses hobbies, les sports qu'elle pratiquait, les ennemis qu'elle aurait pu avoir, où elle passait ses vacances. Pendant tout ce temps, ils eurent droit à du thé et à des petits gâteaux. La famille était des plus serviables, mais cela ne donna rien.

Lisa se glissa dans un bain chaud. Sous les bulles, elle agitait ses hanches au rythme du reggae qui envahissait la pièce depuis la chaîne stéréo. Ses seins et ses bras se balançaient et flottaient, perçant la surface mousseuse. Soudain, emportée par un élan incontrôlable, elle se redressa dans un état de semi-conscience, attirée par un vide lumineux.

Elle se sentait vulnérable, debout dans le plus simple appareil, tentant de se frayer un chemin le long de cloisons couvertes de poussière et de toiles blanches d'un couloir voûté. Elle se porta courageusement jusqu'à l'endroit où le boyau obliquait. Il se rétrécissait légèrement et descendait en pente douce.

— Lisa.

Une chaleureuse voix de femme l'appelait. Elle se retourna et aperçut une femme noire, nue comme elle.

— Fais attention à toi.

— Qui êtes-vous ? demanda Lisa.

— le t'en prie, fais attention.

— Qui êtes-vous ? Maman ?

L'eau s'engouffra dans le boyau. Le niveau montait rapidement. Mais ni l'une ni l'autre ne semblait s'inquiéter de voir le couloir se remplir peu à peu.

— Je ne peux pas rester, annonça la vieille dame en s'estompant.

— Attends !

La femme marchait le long du courant et puis elle disparut dans la blancheur éblouissante du boyau. Lisa n'osa la suivre. À présent, l'eau lui arrivait aux genoux.

— Reviens ! s'écria-t-elle. Qui es-tu ?

Le sol sous ses pieds se mit à se craqueler sous la pression de l'eau qui pesait lourdement sur les parois et sur la voûte. Une fissure apparut au-dessus d'elle et le bleu du ciel l'attira. Elle parvint à trouver une prise dans l'enchevêtrement de toiles qui recouvrait les murs mais sentait les fils se dérober sous ses pieds alors qu'elle tentait de se hisser au-dehors. Des gens l'observaient d'en haut et lui tendaient la main pour l'aider. Un homme roux finit par la saisir par le poignet. Elle sentit sa force surhumaine alors qu'il l'arrachait à la force des flots.

Le reggae s'était arrêté et Lisa ouvrit de grands yeux. Elle faisait régulièrement ce rêve.

Les abords du lac Parramatta furent placés sous surveillance pendant une semaine de plus. Quatre policiers en tenue étaient de service, en plus de Gary ou de Lisa. Celui qui n'allait pas sur place restait au bureau à recouper les informations glanées çà et là, avant de téléphoner ou d'aller effectuer des enquêtes de voisinage. Au lac, ils avaient décidé de sortir ostensiblement tout une panoplie d'équipement sophistiqué avec la mention Police d'État bien en évidence. Patiemment, ils attendirent que le tueur revienne. Mais il ne le fit pas. Ou en tout cas, ils ne le virent pas.

CHAPITRE 16

Avec le remplacement de Mr Chapman par Miss Williams, une vieille fille aux cheveux bleus, Bombala devint une institution exclusivement féminine. Aussi, à treize ans, lorsque Lisa eut ses règles pour la première fois, la pension était vide de toute présence masculine. Lisa n'avait été ni traumatisée ni choquée par cet événement, seulement soulagée. La plupart de ses amies avaient déjà les leurs. Ce fut presque une déception pour elle de se réveiller un beau matin à l'aube pour se rendre compte qu'elle était couchée sur un coin de drap rouge et humide.

Lisa était devenue une jolie jeune femme. Elle avait perdu son côté garçonne de la pré-adolescence et pris des formes sur la poitrine et les hanches. Son visage s'était allongé et ses pommettes saillaient davantage. Ses cheveux bruns bouclés étaient toujours coupés court, avec des mèches rebelles sur la nuque. Elle aimait le rock'n roll et elle l'aimait à fond.

Dans la localité de Bombala, un pub faisait venir des groupes de Sydney qui officiaient dans une vaste tente à bière. Les vendredis et les samedis, on pouvait entendre la musique à plus d'un kilomètre à la ronde. Cet été-là, le passe-temps favori de Lisa fut d'imaginer différents stratagèmes pour aller écouter les groupes. Son plan favori, celui qu'elle mûrissait soir après soir dans sa tête et qu'elle tirait de ses lectures, consistait à trouver un moyen de déverrouiller la porte du dortoir.

Généralement, le samedi soir, la surveillante obligeait les filles à se mettre au lit après le souper, une douche, une courte séance de lecture et une heure de télévision. Elle éteignait alors les lumières et fermait le dortoir à clef à vingt heures. Les filles devaient avoir recours à des pots de chambre en cas de besoins naturels. Elle se retirait alors dans sa propre chambre, qui se trouvait à dix pas le long du couloir, pour regarder la télévision. C'était une source d'hilarité pour les filles que de l'entendre rire à l'écoute de l'émission « Hi Hi, c'est samedi ». Non pas que son rire fut inhabituel, mais il était aussi sonore et tonitruant que celui d'un homme.

Ce soir-là, Lisa retira discrètement sa chemise de nuit. En dessous, elle était tout habillée. Elle fouilla sous son oreiller pour y prendre le papier kraft et le bâtonnet à glace qu'elle avait dérobés dans la journée en cours de travaux manuels. Elle tenait ses chaussures dans une main et s'approcha furtivement de la porte.

— Lisa… qu'est-ce que tu fais ? murmura une des filles.

Elle ne répondit pas, mais continua son chemin

jusqu'à la porte, où elle s'assit par terre et regarda par le gros trou de la serrure, cherchant à évaluer où la clef était positionnée dans le chas. Alors elle se mit à trifouiller avec le bâtonnet. La surveillante laissait toujours la clef sur la porte et elles se demandaient souvent en plaisantant si elle les enfermait à l'abri des intrus ou si elle les maintenait au contraire à l'abri des regards de la société civilisée.

Lisa entendit la clef cliqueter en se redressant dans la serrure. Elle poussa le papier kraft sous la porte à la hauteur du verrou et enfonça la petite spatule aussi loin qu'elle le put à l'intérieur du mécanisme. De l'autre côté de la porte, la clef tomba droit sur le papier brun. Les filles se redressèrent dans leur lit en gloussant et en chuchotant. Lisa tira soigneusement le papier vers son côté de la porte. Au moment où elle ramassa la clef, son cœur battait si fort qu'elle était persuadée que la surveillante allait l'entendre. Elle ouvrit sans un bruit et marcha le long du couloir jusqu'à la grande double porte tout au bout. Elle la déverrouilla, puis la referma derrière elle en la bloquant avec une cale de papier kraft plié. Elle se glissa dans la nuit, attirée par le bruit retentissant et rythmé de la musique.

La surveillante, bien entendu, l'attendait à la porte lorsqu'elle rentra et ne lui pardonna jamais.

CHAPITRE 17

Le soir approchait lorsque Evelyn se réveilla, surprise de découvrir qu'elle avait dormi presque toute la journée. À travers les rideaux de la chambre, elle scruta la lumière rosée qui baignait le ciel à l'Ouest. Le studio, les cours, pensa-t-elle, qui allait s'en charger ? C'est la dernière chose à laquelle elle avait pensé. Le sida, Danny, la mort et sa propre condition de mortelle avaient occupé tout son esprit. Ses draps étaient roulés en boule au pied du lit.

Plus tard dans la soirée, elle se décida à sortir pour aller chercher quelque chose à manger. Elle avait à peine fait une cinquantaine de mètres qu'un homme bien habillé dans un costume sombre avec un gros nez et des longs cheveux noirs vint à sa rencontre. Il montrait sa cigarette, qu'il tenait devant lui.

— Auriez-vous du feu, s'il vous plaît ? demanda-t-il, s'approchant d'elle, la tête penchée et le regard fixé sur son visage.

— Désolée. Je ne fume pas.

Quelque chose dans ce visage luisant et souriant mit Evelyn mal à l'aise. Elle pressa le pas.

— Attendez ! cria l'homme.

Sans se retourner, Evelyn lança :

— Excusez-moi, mais je suis pressée.

Elle attendait de voir s'il allait la suivre mais n'entendit rien. Elle marchait d'un pas rapide et se mit à courir dès qu'elle atteignit l'angle de la rue suivante. Soulagée, elle poussa la porte du café du coin et entra. Elle trouva une table libre et s'assit, le dos contre l'une des nombreuses reproductions de Toulouse-Lautrec qui ornaient le café. La lumière rasante lui permit de s'abandonner, de se camoufler dans l'éclectique mélange de couleurs du décor pseudo-français.

— Evelyn, comment vas-tu ? demanda Patrice, le patron, avec un fort accent français.

— *Très bien, Monsieur, et vous ?*

— *Moi aussi.* Que puis-je préparer à Madame, ce soir ?

— Quelque chose de léger, Patrice. Voyons, dit-elle, en levant les yeux vers l'ardoise posée à ses côtés. Une crêpe, oui. La complète fera parfaitement l'affaire, merci Patrice.

— Avec du pain et du café ?

— *Oui, merci*[1].

Il s'agita autour de la table, rapprochant des couverts de l'autre côté de la petite table pour deux. Il réajusta le vase avec sa rose en soie, le cendrier, le verre à pied, la serviette en papier. Puis il alluma la bougie.

1. En français dans le texte.

— Pas de vin ce soir ? demanda-t-il doucement.

— Non. De l'eau minérale sera parfait, merci Patrice.

— Bien sûr, répondit-il avant de disparaître.

L'homme à la cigarette éteinte passa d'un pas décidé devant le Café de Patrice et, parvenu au coin de la rue, héla un taxi en maraude. Le chauffeur se rangea le long du trottoir d'un coup de volant abrupt, forçant les voitures derrière lui à piler dans un concert de klaxons. On était vendredi, la circulation était dense.

— Au Marble Bar, indiqua-t-il au chauffeur.
Le taxi se glissa dans le flot continu de véhicules qui se dirigeaient vers la ville.

L'hôtel Adams avait été démoli pour céder la place à l'hôtel Hilton-Sydney, dans Pitt Street. Mais une clause incluse dans le permis de construire du nouveau bâtiment garantissait la sauvegarde du célèbre Marble Bar, dont le comptoir et le décor avaient été confectionnés dans le meilleur marbre d'Italie. Les murs s'enorgueillissaient de nombreuses huiles originales de Norman Lindsay. À présent situé au sous-sol du grand hôtel de style international, le bar était toujours très fréquenté le vendredi soir et était considéré par les femmes aussi bien que par les hommes comme l'un des meilleurs lieux de rencontre, et pour tout dire de drague, de Sydney.

Le taxi emprunta l'allée devant l'entrée du Hilton et s'arrêta. L'homme au gros nez descendit, traversa doucement le hall et s'engagea sur l'un des escalators qui descendaient vers le bar bondé.

Prudemment il se fraya un chemin jusqu'à une chaise inoccupée à une table où se trouvaient cinq jeunes femmes.

— Ce siège est pris ? demanda-t-il.

— Non, répondit d'une voix chantante l'une des filles avant de se retourner vers ses amies.

Il déplaça la chaise afin d'avoir une meilleure vue sur la salle. Toujours debout, il fit signe à la serveuse avant de s'asseoir.

— Comment était ton repas ? demanda Patrice en débarrassant la table d'Evelyn de gestes experts.

— Très bon, merci Patrice.

— Un dessert ?

— *Non, merci monsieur*, répondit-elle, d'un ton de reproche en pointant un doigt vers lui. Je ne peux pas m'autoriser trop de calories.

— Que dis-tu là ? Tu es magnifique, si mince.

— Vous, les Français, savez toujours exactement ce qu'il faut dire, répondit-elle. Et elle le pensait. Je vais reprendre du café, et un peu d'eau.

— *Certainement.*

Patrice avait un don. Cela faisait plusieurs années qu'elle dînait ici et il parvenait toujours à lui donner l'impression qu'elle était… unique. Il revint à sa table avec du café, de l'eau et une petite soucoupe en argent contenant trois chocolats et l'addition. Un petit mot était glissé dans la note et Evelyn ressentit une poussée d'excitation en l'ouvrant.

Ma chère Evelyn,

Je te prie de bien vouloir te joindre à moi et à mon personnel ce soir à 23 h 30 lorsque nous aurons fermé le café. Nous fêtons nos cinq ans d'existence.

Je t'en prie, accepte.

Love,

PATRICE

Il observait Evelyn depuis la caisse près de l'entrée. Elle sourit et lui fit signe que oui, elle viendrait.

La jeune femme jeta un regard à la dérobée à l'homme au gros nez assis près d'elle lorsque la serveuse posa un autre grand verre de bière devant lui. Il n'était pas aussi repoussant qu'elle l'avait pensé de prime abord.

— Y a du monde, osa-t-elle.

— J'aime bien quand c'est comme ça. C'est pour ça que je viens.

Il donnait l'impression d'être très à l'aise.

— On rencontre plein de gens intéressants.

— Vous avez rencontré des gens intéressants ici ? s'étonna-t-elle.

— Bien sûr.

— Quelqu'un que je connais, peut-être ?

— Paul McCartney.

— Vraiment ! Elle se tourna vers lui, souriante et incrédule. Et il vous a parlé ?

— Bien sûr. C'est juste un type ordinaire

comme vous et moi. Il a parlé à beaucoup de monde ici ce soir-là.

— Et qui d'autre ?

— Elton John est venu après un de ses concerts l'an dernier, et Julio Iglesias.

Il mentait, mais lui disait ce qu'elle souhaitait entendre.

— Elton a invité un bon nombre d'entre nous à une fête : tous ceux qui étaient encore là à la fin de la nuit.

Contact. Ils avaient engagé la conversation. Il lui paya plusieurs verres et bientôt, elle ne remarqua plus son nez. Il la fascinait totalement en tissant sa toile de célébrités imaginaires autour d'elle, la charmant de ses mensonges tout en l'amadouant avec l'alcool.

— Ally, il y a une fête... On irait bien. Tu viens ? demanda son amie. Ally semblait ne pas l'entendre. Ally ! cria-t-elle.

— Ouais, ouais... D'accord. J'arrive, répondit-elle, réticente.

L'homme au gros nez tourna la tête. Vexé.

— Je vous laisse mon numéro, s'excusa-t-elle.

— Non, c'est bon, vous inquiétez pas, dit-il.

— Si, j'insiste. Elle fouilla dans son petit sac à main et en tira un stylo et un morceau de papier.

— Appelez-moi, s'il vous plaît, reprit-elle en gribouillant. C'est quoi votre prénom ?

— Peter.

— Peter comment ?

— Peter Caulfield.

Elle lui tendit la main en s'assurant qu'il ramassait bien le bout de papier avec son numéro.

— S'il vous plaît, Peter, appelez-moi, répéta Ally avec chaleur avant de rejoindre son petit groupe d'amies et une poignée de jeunes gens qui sortaient jouant des coudes. Elle lui lança un dernier regard à travers la salle en grimpant les marches. Arrivée à la sortie, elle agita la main brièvement, timidement, et s'en alla.

Patrice vaquait à ses occupations, pliait des serviettes, lorsque Evelyn entra dans le café à 23 h 30. Il se précipita à sa rencontre et lui prit le bras.

— Je suis si heureux que tu aies pu te joindre à nous, dit-il.

Les deux dernières tables de quatre en étaient au café et aux digestifs. Evelyn entendait déjà la rumeur de festivités dans la cuisine. Le doux bruit de voix enjouées parlant un français rapide se répandait dans la salle à manger. Patrice la conduisit en cuisine.

— S'il vous plaît ! La plupart d'entre vous connaissez déjà Evelyn, l'une de nos meilleures clientes, qui vient chez nous depuis des années. Evelyn, voici Robert, mon associé et mon chef, Marie, Corinne, Michel, Paul, Henri… et Barry, l'Aussie de service.

— Pauvre de toi, plaisanta Evelyn. J'espère que tu parles français, mon pauvre Barry.

— *Un peu*, répondit-il, en formant un petit espace entre son pouce et son index, mais je me débrouille.

— Pas de souci, nous parlerons tous anglais ce soir en ton honneur, annonça Patrice, puis il alla chercher dans le frigo un magnum de Veuve Cliquot. Des flûtes furent promptement alignées le long du plan de travail.

Evelyn observait Patrice. Il était de taille moyenne, mince, avec des cheveux sombres et des yeux pétillant de malice. Il avait les lèvres pleines et charnues d'un Méditerranéen et un sourire désarmant. Elle s'était toujours sentie attirée par lui. Il riait beaucoup et faisait rire les autres avec sa décontraction et son charme. Il ne manquait pas une occasion de flatter Evelyn. Elle appréciait ce petit jeu.

Vingt minutes plus tard, le dernier client vint à la cuisine payer sa note et en fut récompensé d'une coupe. Les chants montaient dans la petite assistance alors que la nuit laissait peu à peu place au jour.

Ally était de retour.

— Je n'y suis pas allée. J'aimais pas cette bande de types. Ils sont tellement immatures, expliqua-t-elle.

Peter se leva, tirant rapidement une chaise pour qu'elle puisse s'asseoir.

— Je suis heureux que tu sois revenue.

— Moi aussi.

Ally manqua presque le rebord de la table en voulant y poser son sac. L'alcool faisait son effet. Mais elle ne se fit pas prier pour boire deux autres gin-fizz avec Peter, qu'elle trouvait encore plus intelligent que tout à l'heure.

Il se lança dans d'autres histoires de célébrités qu'il avait rencontrées. Ally l'écoutait, hypnotisée.

Enfin, lorsqu'il pensa que l'heure était venue, il se leva.

— Allons-nous en d'ici, murmura-t-il.

Ally descendit ce qui restait dans son verre et se leva à son tour. Une certaine gravité, plus intime, s'installa alors qu'il lui prenait le bras. Son pouls battait à tout rompre tandis qu'il l'escortait en haut des marches, le long des lumières vives du hall et jusqu'à un taxi en station.

À un autre bout de la ville, à deux kilomètres au sud du Marble Bar, Gary était assis, épuisé. Lisa aussi était crevée, le dos appuyé sur le dossier, les pieds sur son bureau.

— Allez, laissez-moi vous offrir un verre, lança Alan Jackson.

Ils sursautèrent tous les deux. Ni l'un ni l'autre ne l'avait entendu approcher de leur cagibi.

— On ne peut rien refuser à son patron, lança Gary. Je suis ravi que quelqu'un mette un terme à cette journée parce que je n'y arrive pas.

— Allons à la Redfern Tavern, c'est juste à côté, suggéra Jackson, l'air un peu nerveux. Je prends ma veste.

Ils suivirent leur supérieur jusqu'à son bureau dans la fraîcheur du petit matin. On entendait une sirène dans le lointain. Des phares clignotaient, des voitures crissaient et vrombissaient.

Officiellement, la Redfern Tavern était fermée, mais les policiers avaient un petit arrangement avec le tenancier. Ils étaient autorisés à passer par l'entrée de service qui restait toujours ouverte. Ils pouvaient ainsi grignoter un morceau, jouer au billard, écouter de la musique et boire des coups jusqu'à quatre heures du matin.

Il y avait une vingtaine de collègues en tenue, une dizaine d'inspecteurs, hommes et femmes, lorsque le trio fit son entrée. Tous les regards se tournèrent vers eux et les suivirent jusqu'au bar.

— Qu'est-ce que vous prenez ?

— Gin tonic, avec beaucoup de glace et une tranche de citron dans un grand verre, merci, annonça Lisa, un sourire aux lèvres. Jackson lui renvoya le sourire. Rien que pour ça, ça en valait la peine, pensa-t-elle.

— Je voudrais une Resch, s'il vous plaît, enchaîna Gary.

Un court silence se fit alors qu'ils parcouraient la salle du regard.

— Nous ne sommes pas tous vieux jeu et racistes, vous savez, lâcha Jackson. Il y a parmi nous des gens qui réfléchissent et ont leurs propres idées, plutôt favorables aux Aborigènes. N'oubliez pas que le référendum octroyant les droits civils aux Aborigènes a obtenu 80 % de votes favorables. Eh bien, je fais partie de ces 80 % comme la plupart de mes amis.

Gary et Lisa étaient cueillis à froid. Lorsque leurs boissons arrivèrent, Jackson poursuivit :

— Je sais pertinemment que vous n'avez pas été exactement accueillis à bras ouverts dans notre département mais ça va changer. Je leur ai parlé. Vous lirez ça demain dans la note de service que j'ai adressée à tout le personnel. On ne peut se permettre de divisions de merde dans notre métier. C'est nous contre les salopards et ça a toujours été comme ça. Et vous vous êtes joints à nous, vous faites partie de l'équipe.

Il leur fit passer les verres et, se tournant vers la salle, lança :

— Écoutez-moi tous ! Nous n'avons pas eu droit au pot de bienvenue habituel pour nos deux nouvelles recrues, Gary et Lisa. Aussi, dans l'heure qui vient, c'est ma tournée ou plutôt celle du département.

À ces mots, une clameur retentit et les collègues vinrent se masser au bar.

Gary et Lisa se regardèrent et trinquèrent. Jackson remarqua le geste et leva son verre à leur santé.

— Bienvenue à bord, tonna-t-il.

Ils ne doutèrent pas un seul instant de sa sincérité.

Arrivée devant chez elle, Evelyn sortit les clefs de son sac et les tendit à Patrice. Il était si rapide et si adroit qu'il lui sembla que seulement quelques secondes s'étaient écoulées avant qu'elle se retrouve dans l'entrée et dans les bras du restaurateur, qui l'embrassait doucement. Elle prit appui contre le mur alors qu'il se pressait contre elle et que leur baiser se faisait plus profond. Elle se laissa glisser dans l'abîme d'émotion qui avait été jusque-là refoulé par la tension des récents événements et par ses idées de mort. Elle attira Patrice tout contre elle. Elle avait envie de ressentir la vie. Elle vivait ! Elle comprit en l'embrassant et en sentant la chaleur de son corps ferme qu'elle avait un besoin irrépressible de lui ce soir.

— Je ne sais pas trop si on doit, Peter, disait Ally alors qu'ils longeaient le couloir sombre qui menait à son appartement de Bondi Beach.

— Moi non plus, dit-il en ouvrant la porte. On va prendre un café.

— Excellente idée, se réjouit Ally et elle se laissa tomber lourdement sur le canapé. Wooo.

— Ça va ? demanda-t-il depuis la cuisine.

— Oui, ça va mieux maintenant que je suis assise. Elle inspecta la pièce. Où as-tu mis ta chaîne ? Et la télé ? demanda-t-elle.

— Dans la chambre.

— Je peux mettre de la musique ?

— Bien sûr que tu peux.

Après qu'il eut mis de l'eau à chauffer, Peter la rejoignit et la trouva en train de tripoter les boutons de sa chaîne stéréo.

— Laisse-moi faire.

La douce musique d'une guitare classique monta des enceintes.

— Là.

Ils se tenaient l'un contre l'autre. Il la prit par la main et la conduisit vers le lit.

— Je ne peux pas rester toute la nuit, chuchota-t-elle.

— C'est pas grave.

Il l'allongea sur le lit et l'embrassa. Elle sentait monter son désir. Il la retourna et se plaça entre ses jambes. Elle le serrait fort pendant qu'ils s'embrassaient. Il se mit à onduler, pressant son pelvis contre elle en l'embrassant. Le sifflet de la théière les interrompit.

— Et merde, ronronna-t-elle alors qu'il se retirait. N'y va pas.

— Ça prendra qu'une minute.

Peter courut à la cuisine, éteignit la plaque, retira la bouilloire, ferma la porte d'entrée à clef et éteignit les lumières. Quand il revint dans la chambre, il trouva Ally déshabillée, couchée sur le dos sous les draps.

Patrice était un amant tellement attentionné, pensa Evelyn, alors qu'ils étaient étendus nus l'un contre l'autre dans son grand lit. Il recommença à la caresser et à l'embrasser, mais plus doucement à présent, d'une main plus assurée. Ni l'un ni l'autre n'était pressé, tous deux appréciaient cette montée du désir, cette découverte d'un nouvel amant.

Peter s'excusa et se rendit dans la salle de bains. Il retira le faux nez à la hâte et se débarrassa de sa longue perruque noire. Dans son état d'ébriété, Ally ne se rendit pas vraiment compte de grand-chose.

— Tu as l'air différent, nota-t-elle alors qu'il regagnait le lit.

— Plus beau ? suggéra-t-il.

— Oui. Plus beau.

Il tira les draps et l'admira dans toute sa nudité. Puis il parla :

— Tu aimes jouer à des jeux, Ally ? demanda-t-il, la voix chevrotante sous l'effet de l'excitation. Tu vois ce que je veux dire : des jeux érotiques ?

— Oooh, petit canaillou... Oui, bien sûr. À quoi veux-tu jouer avec moi ?

— J'aimerais bien t'attacher.

— Et après ?

— Tu verras.

Il tira de fines lanières de tissu de sous le lit et commença à les enrouler autour de ses poignets.

— Embrasse-moi, dit-elle.

— Pas encore.

— Embrasse-moi, insista-t-elle.

— Pas encore, gronda-t-il. Je suis censé te dominer.

— C'est à ça que tu joues ? Comme c'est excitant !

Il attacha solidement ses bras aux montants du lit et écarta ses jambes.

— Ooooo. Ally se laissa aller en souriant. Elle ferma les yeux tandis qu'il enroulait les lanières autour de ses chevilles et les nouait à leur tour aux pieds du lit.

Evelyn se délectait de la douce chaleur qui suivait l'amour, surtout quand il avait été aussi tendre, aussi nécessaire. La respiration de Patrice, endormi à ses côtés, était profonde, lente et régulière. Elle sentit une bouffée de désir renaître en elle alors qu'elle repensait à la passion qu'ils venaient de partager. Patrice remua tandis qu'elle passait la main sur son torse. Il se tourna et l'embrassa doucement sur le front. Elle avait faim. Elle se releva sur un coude et l'embrassa passionnément. Il l'attira contre sa poitrine. Elle sentit qu'il était prêt à recommencer alors, avec précaution, elle l'enjamba.

— As-tu déjà vu une arme à feu, Ally ? demanda Pete, en sortant un petit pistolet verni.

Le canon brillait dans la pâle lumière.

— Non, non, pas de près.

Peter le lui montra et puis se plaça entre ses jambes, faisant glisser le métal froid le long de ses cuisses en partant des mollets.

— Oh, mon Dieu !

Ally frissonnait de tout son corps.

— C'est bon, hein ?

— Mmmmm.

— Et là ?

— Oh, ouiii…

Elle gigota, allant et venant doucement. Il se baissa vers elle et l'embrassa.

— Mets-le moi, mets-le moi ! cria-t-elle.

Il plaça le canon de l'arme entre ses jambes et le frotta au rythme de ses va-et-vient.

— Pas le pistolet… ta queue ! insista-t-elle, l'embrassant avec force. Son pénis força sa chaude intimité. Il tenait fermement le pistolet contre son oreille en se laissant entraîner par le rythme de son désir.

— Suce-le, vas-y, suce-le, implora Peter en portant le canon aux lèvres d'Ally.

Soudain, elle prit peur. L'arme d'acier était froide contre sa langue. Elle se mit à trembler, à frémir d'excitation et de peur. Elle sentait son orgasme monter et miaulait doucement au fur et à mesure qu'elle venait, elle aussi.

Alors, au moment où il s'enfonçait frénétiquement en elle, Peter appuya sur la détente : le visage d'Ally s'ouvrit sur le côté, répandant un flot de sang, d'ossements et de chair sur le lit.

— Oh merde, oh putain merde ! gémit-il.

CHAPITRE 18

Gary regardait le port depuis l'embarcadère animé de Circular Quay tout en mangeant des frites chaudes dans un cornet en carton. Il était allé vérifier des archives au poste de police de Philip Street, non loin de là, et avait demandé à Lisa de passer l'y prendre. C'était une matinée sèche d'été et il était assis, comme tétanisé, à regarder l'éclat du soleil sur la surface de l'eau. Il se demandait à quoi ressemblait le port avant 1788 et tentait de se représenter la vie de ses ancêtres sur le littoral australien avant le débarquement des Anglais.

Les Aborigènes assurent qu'ils ont toujours occupé cette terre et n'y ont jamais émigré, contrairement à ce qu'avancent certains scientifiques. Ils renversent la logique communément admise et estiment que si des gens ont pu traverser en direction du sud la langue de terre qui réunissait jadis l'Asie à l'Australie, alors rien n'interdit de penser qu'ils aient pu suivre le chemin inverse. Après tout, la plus ancienne trace de présence humaine a été découverte sur ce continent. Au cours des soixante mille ans d'occupation humaine avérée de l'Australie qui ont précédé l'arrivée des Anglais en 1788, la plupart des changements opérés sur l'apparence du paysage vinrent du climat. Voilà quelque quinze mille ans, alors que la dernière période glaciaire s'achevait, la banquise qui recouvrait toute la partie méridionale de l'île-continent — pour la deuxième fois en cent mille ans — se mit à fondre et les Aborigènes se déplacèrent vers le Sud pour y récupérer leurs terres.

Lorsque les Malais envahirent l'archipel indonésien voilà quatre mille ans, ils passèrent tout près, mais n'atteignirent pas tout à fait l'Australie. Voilà mille ans, les bouddhistes d'Inde entreprirent une expansion coloniale systématique en Asie du Sud-Est. Ce mouvement d'une grande ampleur ne prit fin qu'avec les invasions musulmanes dans le Nord, mais les Indiens avaient étendu leur domination jusqu'aux îles d'Indonésie.

Au début du xve siècle, lorsque les réserves de pêche de Macassar furent épuisées, ses habitants expédièrent leurs pêcheurs Bugi jusqu'aux côtes septentrionales de l'Australie. Ils appelèrent cette terre Marega. Les habitants de Macassar sympathisèrent et firent du commerce avec les populations négroïdes qu'ils rencontrèrent sur Marega. Ils leur apprirent à faire pousser et à sécher certains fruits, noix et épices qu'ils stockaient ensuite comme provisions pour leur voyage retour. En échange, ils offraient des hachettes et des outils métalliques. Au bout de 500 ans, les habitants de

Macassar n'avaient pas changé grand-chose au pays si ce n'est l'introduction de quelques rares espèces de légumes et de fruits.

En 1606, les Néerlandais découvrirent l'Australie, ou en tout cas furent les premiers occidentaux à le faire. Le capitaine Willem Jansz fit croiser son bateau, le Duyfken, le long du littoral connu de nos jours sous le nom de péninsule du Cap York jusqu'au Cap Keerweer. Cent soixante-quatre ans plus tard, le capitaine James Cook entrait en contact avec la tribu Eora de Marega en mouillant dans une baie connue sous le nom de Kamay. Il la rebaptisa aussitôt Botany Bay. En 1788, les Britanniques envoyaient leur première flotte de colons, qui établirent leur camp à Tubowgule, bientôt rebaptisé Farm Cove, puis Sydney Cove par les Européens.

Un an à peine après l'implantation des Britanniques, la principale source d'eau potable de la localité, le Tank Stream, était devenue si polluée qu'elle était impropre à la consommation.

Gary termina ses frites. Il dépassa les quais où accostaient des ferries surchargés, et traversa le canal pavé qui avait été le Tank Stream. Il coulait toujours, évacuant les eaux usées dans les flots jadis purs du port de Sydney. Toute la population des Eora, qui avait rencontré Cook lors de son voyage historique, avait disparu, victime des Britanniques.

Ici même, la rapacité de l'humanité s'en était donné à cœur joie comme nulle part ailleurs peut-être.

Lisa se gara le long du trottoir et klaxonna à trois reprises. Gary leva les yeux. Il se tenait dans la foule à regarder un artiste de rue grimé, un mime peint d'un côté en blanc, de l'autre en noir. Il s'écarta, courut vers la voiture et sourit à Lisa en grimpant à bord. Lisa appuya sur l'accélérateur et ils se retrouvèrent bientôt perdus dans une mer multicolore de véhicules.

L'arlequin ouvrit un petit cartable et le fit circuler parmi les spectateurs réjouis pour une petite obole. Les gens se montrèrent généreux, puis se dispersèrent. Le mime ramassa ses maigres affaires et prit la direction du Nord sur deux cents mètres avant d'ouvrir à nouveau son sac.

Un Aborigène timide prit sa place. Il portait un long didgeridoo peint aux couleurs du style très élaboré des Yirrkala. Il retira sa chemise blanche et, fouillant au fond d'un sac en plastique blanc, en sortit plusieurs pots de peinture corporelle. Une famille de quatre touristes américains s'arrêta pour l'observer. Il passait la peinture en de longues bandes, d'abord sur son torse puis sur ses bras : mauve, ocre, blanc. L'assistance gonflait et une vingtaine de personnes s'attroupaient autour de lui. Il peignit alors son visage avec des pointillés de couleur et des cercles concentriques. Cinquante personnes s'agglutinaient à présent. Il replaça soigneusement ses pots de peinture, empoigna son instrument et se mit à jouer. La musique entêtante qui s'échappait de la branche creusée se réverbérait sur les spectateurs et sur les auditeurs. Il ferma les yeux, indifférent pour un temps aux billets de banque qui s'amoncelaient sur sa casquette renversée.

J'ai ramassé toutes mes affaires et j'ai quitté la piaule de Bondi aussi vite que j'ai pu. Bon Dieu, je me suis fait une sacrée frayeur. C'est la première fois que je tue une blanche. C'était un accident. J'avais pas l'intention d'appuyer sur cette putain de détente. Je l'ai laissée là sur le lit et j'ai couru à la voiture, j'ai tout jeté sur le siège arrière et j'ai décanillé aussi vite que j'ai pu.

Heureusement que j'ai pas de mobilier à transporter à droite à gauche. Et à chaque fois que je fais une location, je donne un nom différent.

Ça va mieux maintenant parce que je suis passé du côté nord de la ville dans un genre d'auberge de jeunesse à Collaroy, juste en face de la plage. Aujourd'hui, j'ai pris toutes mes fringues couvertes de sang et je les ai brûlées derrière la baraque dans un grand incinérateur et je suis allé faire une longue promenade sur la plage. Quand je suis passé devant les boutiques, j'me suis payé un hamburger et je suis allé le manger sur les rochers. Putain, y a une fille qui est venue s'asseoir juste à côté de moi et qui a retiré toutes ses fringues. Complètement à poil, quoi ! Elle avait un super corps, avec des gros nibards. Je suis resté assis à manger et à me rincer l'œil. Elle s'est ramenée et s'est assise à côté moi. J'étais là avant elle ! En allant se baigner, elle a remis le bas de son maillot, mais l'a enlevé aussi sec lorsqu'elle est revenue dans notre coin. J'ai été un peu déçu lorsqu'elle s'est barrée au bout d'une heure et demie. Elle ne m'a pas regardé une seule fois. Elle a fait comme si je n'étais pas là.

Je me demande ce que les flics vont faire à présent. Je suis un peu inquiet parce que quelqu'un m'a peut-être vu quitter la piaule de Bondi. Mais la plupart du temps, j'avais mes déguisements. Bon, j'ai fait de mon mieux et j'ai tout nettoyé.

Tout ça me rappelle la fois où je me suis tiré de chez moi, à onze ans. Le pote de papa, Alfred, était venu à la maison et tous les deux, ils étaient toujours bourrés. J'avais rempli mon cartable de fringues et de jouets et je m'étais tiré dans la rue en courant aussi vite que je pouvais. J'avais fauché un peu d'argent dans le sac de maman pour prendre le bus et aller à Mittagong. Je sais pas pourquoi j'avais choisi Mittagong, j'y connaissais personne. C'est là que j'ai rencontré cette vieille Joannie, dans le parc. Elle m'a dit que je pouvais rester chez elle si j'avais nulle part où aller. Elle revenait des courses et elle croulait sous les sacs en plastique. D'abord j'étais un peu inquiet et puis je me suis dit pourquoi pas ? Il commençait à faire froid et ce serait mieux que de dormir à la gare, où j'avais pensé passer la nuit.

Chez Joannie, c'était tout petit, en bois. Ça avait bien besoin d'un coup de peinture. On aurait dit que ça avait été peint en vert clair, jadis. Elle avait une quarantaine d'années, elle était un peu forte, mais jolie. Elle vivait seule et buvait du vin blanc tous les soirs, qu'elle se versait d'une carafe dans un grand verre orné de motifs floraux. Ce soir-là, elle nous a fait du ragoût de mouton avec des patates et c'était vraiment bon par une nuit aussi fraîche. On s'est mis à l'aise et on a regardé la télé jusqu'à la nuit. Après, elle m'a dit que je pouvais dormir dans le lit avec elle, que ça me tiendrait chaud. C'est ce qu'on a fait. C'était chaud. Elle m'a serré fort dans ses bras et quand on a été bien au chaud et bien installés, elle a pris ma main et l'a fourrée entre ses jambes. Elle m'a montré comment faire avec mes doigts pour qu'elle prenne son pied. D'autres fois elle préférait qu'on soit tout nus tous les deux, mais elle me faisait rien... C'est moi qui faisais. On n'a jamais, comment dire, baisé. Je suis resté avec elle deux semaines jusqu'à ce que la police me ramasse un jour dans le parc et me ramène à Goulburn. Je me disais bien qu'on faisait quelque chose de mal avec Joannie, mais je m'en fichais. J'ai su précisément ce qui clochait que des années plus tard. Quoi qu'il en soit, Joannie était sympa. Elle était juste seule et cochonne. Elle m'a appris qu'il n'y a aucun mal à se faire du bien, sexuellement parlant.

Ma plage se vide tandis que le soleil disparaît derrière les collines dans mon dos. Arrivent les joggers. Ils rappliquent aussi au petit matin, juste après le lever du soleil. J'aimerais bien courir, mais ma cheville gauche ne s'est jamais remise de la fois où je me la suis cassée, voilà deux ans à Penrith. Je suis tombé de la moto de mon pote et on m'a conduit à l'hôpital. Elle s'est jamais remise comme il faut. Saloperie de spécialistes. On les paie une fortune pour faire leur boulot. Si je salopais mon travail comme ce putain de toubib, je serais viré, c'est tout.

CHAPITRE 19

Le corps d'Ally fut retrouvé deux semaines après sa mort. Une onde de choc traversa les bureaux surpeuplés de la Brigade criminelle de Redfern. Les rumeurs abondaient qui laissaient entendre que le tueur-violeur d'Aborigènes était également derrière le crime de Bondi. Le meurtre semblait porter sa signature. Des renforts furent mis sur l'affaire, des enquêteurs et des administratifs. La cafétéria fut transformée en salle de réception pour la presse et Alan Jackson fut choisi comme porte-parole.

Le commissaire Malcolm Patterson et le ministre de la Police des Nouvelles-Galles du Sud, Terry Meriton, se dirigèrent vers le bureau de Jackson. Ils étaient précédés de gardes du corps qui beuglaient : « Faites place ! Laissez passer ! » Sept personnes se tassaient dans le petit bureau d'Alan Jackson. Une fois de plus, il se trouvait chargé d'une enquête exposée à l'hystérie de la foule et à la pression des médias.

— Asseyez-vous, Jackson, dit Patterson.

Les sept hommes cherchèrent du regard un

siège, mais il n'y en avait que trois. Le personnel de la brigade les observait à travers les cloisons de verre qui formaient les murs du bureau. Trente paires d'yeux surveillaient avec inquiétude chaque geste et tentaient de lire sur les lèvres, espérant glaner quelque information sur ce qui se tramait dans cette réunion au sommet.

— Dites-moi franchement, Jackson, est-ce le même dingue qui aime bien se taper des Aborigènes ? demanda Patterson.

Jackson était sur la défensive.

— Nous n'en savons rien.

Meriton enfonça le clou.

— Où en êtes-vous de vos conjectures à ce stade de l'enquête ?

— Nous ne faisons pas de conjectures sur les meurtres avec viol dans ce service.

— Ne me racontez pas de salades ! Gardez-les pour les affamés qui attendent là-bas, cracha Patterson, furieux.

— D'accord, bien… Je pense que c'est le même type. On attend que les analyses nous le confirment, mais nous pensons tous qu'il s'agit du même connard.

— Que pouvez-vous nous dire d'autre ?

— Nous pensons qu'il s'agissait de l'appartement du tueur. Un meublé. Les voisins ont fourni des témoignages contradictoires à propos de l'homme qui vivait là, mais c'est un Blanc, d'environ 1,75 mètre, d'un poids moyen, avec les cheveux sombres. Nous disposons de trois bonnes séries d'empreintes relevées dans l'appartement, mais elles ne correspondent à rien que nous ayons.

Il n'est pas dans nos fichiers. Il n'habitait pas là depuis très longtemps.

— Combien ?

— Deux mois.

— Qui avez-vous mis sur l'affaire ?

— Nous avons Leslie et Fuller sur le coup.

— Vous voulez parler des Aborigènes ? Ceux qu'on a mis sur les meurtres de nègres ?

— Oui.

— Alan, mon ami, on ne peut pas laisser ces cons de Noirs sur le coup à présent. Enfin ! Ils ont tout juste trois mois de service ! On serait viré dans l'heure…, s'écria Patterson.

— Ce que vous voulez dire, c'est que cette fois, la victime est une Blanche, c'est ça ?

Jackson voulait l'entendre de sa bouche afin de pouvoir l'écrire noir sur blanc dans son compte rendu de la réunion.

— Ouais, c'est exactement ça ! Exactement. Elle est blanche et tu vois, c'est la raison pour laquelle il y a une centaine de putains de caméras et de micros dans l'entrée en ce moment même. Et merde… Dites-lui, Terry, lança Patterson.

Il se rassit, exaspéré.

— C'est simple, Alan. Nous leur disons que vous prenez les choses en main personnellement avec l'aide de cinq divisions, soit une centaine d'hommes, qui vont tous bosser huit heures par jour sur l'affaire, soit huit cents heures. Voilà qui leur bouclera le caquet pendant quelque temps. Et puis, dans quelques jours, lorsque nous aurons un peu plus de temps devant nous…

Il ne termina pas sa phrase.

Assis dans son fauteuil, Jackson encaissa sans rien dire. Ce n'était pas la première fois qu'on lui rappelait les procédures de gestion des médias en période de crise. À travers la cloison, il apercevait distinctement les visages sombres des deux nouvelles recrues au milieu des nombreux visages blancs. Tous ces visages tournés vers lui, derrière le politicien aux beaux discours, faisaient l'effet d'un papier peint.

Vingt minutes plus tard, les mandarines des caméras s'éclairèrent et les lueurs bleutées des écrans de contrôles avaient transformé la salle de repos en auditorium pour conférence de presse. À l'entrée des responsables de la police, des bruits de cliquetis retentirent dans la pièce alors qu'on déclenchait divers appareils d'enregistrement. Les cameramen faisaient le point sur Jackson et les deux hauts responsables qui l'entouraient alors qu'ils gagnaient l'estrade. Des tentures pendaient sur des montants de bois installés à la va-vite derrière eux. Des dizaines de micros ornés des logos multicolores des médias encombraient la table disposée devant les porte-parole des autorités. Jackson s'assit entre ses deux supérieurs.

— Merci messieurs dames pour votre patience, attaqua-t-il. Nous vous avons demandé de venir afin de vous informer aussi précisément que possible sur la mort d'une jeune femme retrouvée tard hier soir dans une résidence d'habitation de Bondi.

Il leva les yeux et parcourut la salle du regard.

— Je vais d'abord vous donner lecture du communiqué officiel, après quoi je répondrai aux questions.

Le silence se fit tandis que Jackson sortait une feuille de papier jaune d'une chemise. Il poursuivit :

— Ce matin à 2 h 45, la police a été appelée à se rendre dans Roscoe Street, à Bondi, où elle a découvert le corps nu d'une femme blanche non identifiée, âgée de dix-neuf à vingt-cinq ans. Elle avait été violée et sauvagement assassinée. En tant que chef de la Brigade criminelle, je prends totalement en charge l'enquête et suis informé par le commissaire et le ministre que nous pourrons compter sur cinq divisions pour nous assister dans cette enquête — ce qui correspond à huit cents heures d'enquête par jour, jusqu'à ce que ce maniaque soit capturé.

Jackson se tourna vers l'assistance d'un air assuré.

— Questions à présent. S'il vous plaît, soyez bref. Oui, là-bas.

Il fit signe à une journaliste de la télévision qu'il reconnut dans cette foule qui affluait vers lui.

— Sergent Jackson, pouvez-vous nous dire comment la femme a été tuée ?

— Elle a été tuée d'une balle dans la tête tirée à travers le palais.

Il fit signe à un autre journaliste.

— Qui a découvert le corps ? demanda un représentant de la presse écrite.

— Un voisin s'est plaint de l'odeur. Le propriétaire du bâtiment nous a demandé d'enquêter. La femme était morte depuis approximativement deux semaines. Oui, là-bas ?

Il se tourna vers un autre journaliste.

— Y a-t-il plus d'un assassin potentiel ?

— Pour l'instant, nous ne recherchons qu'une seule personne.

Une voix s'éleva au-dessus de la mêlée.

— Est-ce que c'est lié aux assassinats et aux viols des femmes aborigènes ?

Jackson jeta un regard rapide en direction du ministre et du commissaire.

— Oui. Nous soupçonnons très sérieusement ces crimes d'avoir été commis par une seule et même personne.

— Vous recherchez donc un tueur en série ?

Jackson marqua une pause puis répondit :

— Oui.

Le chef de la police se leva vivement alors que des questions fusaient dans la salle, s'enchevêtrant en un chœur confus. Les flashes crépitaient de plus belle, en un crescendo indescriptible.

— Ce sera tout, messieurs… mesdames.

Le brouhaha continua alors que les trois hommes quittaient la pièce, tête baissée.

On avait demandé à Gary et Lisa de préparer un dossier complet de leurs conclusions et de les transmettre à Jackson. Il les pria de rester pour une séance de briefing à laquelle il insista pour que tous les enquêteurs assistent.

La salle de repos se remplissait. Lorsque Jackson entra, l'intensité des discussions retomba. Il monta sur une chaise et prit la direction des débats, criant presque en s'adressant à ses subordonnés. Il commença par dresser la longue liste des meurtres alors qu'un résumé de dix pages était distribué.

— Sortons d'ici murmura Gary à Lisa.

Elle hocha la tête en signe d'approbation. Ils se glissèrent le long du mur du fond et partirent sans un bruit.

— Je ne sais pas toi, mais moi je me sens floué, confia Gary une fois dans la rue.

— Ouais. Je comprends ce que tu veux dire. Mais on ne nous a pas retiré l'affaire. Ce n'est simplement plus nous qui la dirigeons. Je ne veux pas leur faire le plaisir de me virer du coup. Je reste… et j'entends bien garder ma place dans l'équipe par tous les moyens. Forçons-les à se rendre compte que nous sommes toujours là.

Gary la regarda. Elle était déterminée, en colère. Il lui offrit une cigarette tandis qu'ils avançaient sans but.

— Tu as raison. On va leur montrer à ces connards.

Après une tentative infructueuse, il alluma les deux cigarettes. Ils étaient face à face, se cherchant du regard.

— Sortons donc notre atout majeur de notre manche. Ce portrait-robot. Il faut qu'on le fasse et qu'on le distribue.

Gary admit que c'était une bonne idée. Ils poursuivirent leur chemin d'un pas plus décidé.

Je me doutais qu'il allait y avoir du grabuge avec ce dernier coup à Bondi. C'était un peu trop gros. À la télé, ils sont devenus dingues. J'avais jamais rien vu de pareil. On aurait dit que les journalistes étaient du côté des flics. C'est parce qu'elle était blanche. Ils ont mis les flics aborigènes hors du coup, même si personne ne le dit. Je suis désolé pour eux, ils passent plus à la télé.

Ça m'a fait rire de voir mon portrait-robot dans les journaux. Putain, mais ça se voit que c'est un faux nez. Facile. Ils débloquent ces flics ou quoi ? La prochaine fois, je devrais mettre un masque de Groucho Marx pour voir comment ils me dessinent.

Hier, je suis allé à la plage et je suis resté assis toute la matinée sur le sable. Il faisait chaud, et toutes les mamans venaient après avoir déposé leurs enfants à l'école. Elles sont jeunes en plus, dans l'ensemble. La plupart avaient des nourrissons avec elles. Je suis resté jusqu'à l'heure du déjeuner et je suis rentré.

J'ai bien envie de me barrer dans le Queensland. Disparaître un petit moment. De toute façon, j'ai décidé de prendre ma retraite, de changer de branche, d'arrêter cette affaire de meurtres. Que je change de crémerie ou pas, je vais arrêter. Invaincu.

CHAPITRE 20

Evelyn était assise dans le bureau de Danny Renaldo et mettait un peu d'ordre dans une pile de correspondance qui s'était accumulée dans la bannette rouge vif du courrier arrivé. La secrétaire à mi-temps, Rosie, était assise en face d'elle : désormais, c'est elles qui dirigeaient la compagnie.

Danny était parti pour Melbourne passer quelques jours avec des amis. Même s'il se sentait robuste et en forme, il connaissait bien l'évolution du virus et savait pertinemment que, bientôt, la lassitude et la déchéance allaient s'installer.

Evelyn ouvrit une lettre manuscrite adressée à Danny. Le cachet indiquait qu'elle venait de Richmond, dans l'état de Victoria. Elle se doutait en l'ouvrant qu'elle était certainement personnelle, mais, inquiète pour Danny, elle la lut néanmoins.

Mon cher Danny,

Voilà trois semaines que nous ne t'avons pas vu, mais le temps paraît bien plus long encore. S'il te plaît, descends nous voir. Tu nous manques. Je ne veux surtout pas t'apparaître mélodramatique, mais tu sais que, bientôt, nous nous dirons au revoir pour la dernière fois. Ma dernière grippe m'a laissé très affaibli. J'ai encore des glaires dans les poumons.

Ronald est plein d'espoir après avoir entendu parler d'un centre de soins qui n'accepte que des malades du cancer et du sida. Le type qui s'en occupe avait un cancer. Il a laissé tomber la médecine traditionnelle après avoir failli mourir de la chimiothérapie. Il a tout largué et est parti s'installer dans une grotte en Nouvelle-Guinée, est devenu ermite, s'est lancé dans la méditation, la diète, s'est purgé. Il a alors découvert, à sa grande surprise, qu'il parvenait à la rémission. En plus de ça, ses tumeurs se sont effectivement réduites petit à petit avant de disparaître. En fin de compte, il est parvenu à éliminer complètement les cellules cancéreuses de son organisme. Bref, nous avons décidé de tenter le coup et nous aimerions que tu viennes avec nous.

Si tu ne nous donnes pas de tes nouvelles prochainement, nous t'appellerons.

Beaucoup d'amour, nos vœux sincères et toutes nos prières t'accompagnent,

BRIAN ET RONALD.

Evelyn pensa qu'elle savait à présent où se trouvait Danny. Elle recacheta l'enveloppe et la posa avec les quatre autres qu'elle devait réexpédier à son appartement.

Lisa laissa le téléphone sur son bureau sonner à cinq reprises bien qu'elle fût assise tout à côté. Puis elle se décida et tendit le bras paresseusement pour décrocher, tout en lisant le rapport sur un meurtre avec viol datant de l'année précédente.

— Allô ? Lisa ? Nous avons deux jeunes femmes à l'accueil pour toi. Elles disent qu'elles sont des amies de la fille retrouvée morte à Bondi.

La voix était calme et détachée.

— J'arrive tout de suite, répondit-elle, avec excitation.

Enfin, les appels à témoin lancés à la télévision donnaient des résultats.

Quelques minutes plus tard, Gary enclenchait un magnétophone à cassettes pour enregistrer l'entretien. Il pencha la tête pour parler dans le micro.

— Le 25 avril, 10 h 35 du matin. Les personnes présentes lors de cet entretien sont : l'inspecteur Gary Leslie, l'inspecteur Lisa Fuller, avec Elaine et Robyn Murphy. L'entretien porte sur le meurtre à Bondi d'Alison Brompton.

Enfin, ils connaissaient son nom. Il s'arrêta brièvement.

— Elaine, pouvez-vous me dire ce dont vous vous souvenez à propos de la soirée où votre amie a disparu ?

— Nous sommes tous allés assez tôt au Marble Bar, après le travail, vous voyez ?

— Pourquoi n'avez-vous pas signalé sa disparition plus tôt ?

— Nous l'avons fait, mais jusqu'à présent, personne n'avait établi de rapprochement avec le meurtre. On ne l'a pas retrouvée tout de suite, si je ne m'abuse ? répondit Elaine.

— Vous travailliez tous ensemble ? demanda Gary.

— Oui, nous travaillions tous chez Mitchell, Lewis et Howell. C'est un cabinet d'avocats sur Philip Street. Nous sortons toujours boire un verre le vendredi soir. C'est comme une petite cérémonie pour fêter le week-end. En général, on va au Marble Bar, puis en boîte ou dans une fête, c'est selon. Et ce soir-là, il y avait du monde et ce type s'est ramené et s'est assis en bout de table et a commencé à discuter avec Ally.

— Seriez-vous capable de le reconnaître si vous le voyiez à nouveau ? demanda Lisa.

— Oui, nous l'avons toutes les deux bien observé.

— Ally nous a dit qu'il se prénommait Peter, enchaîna la plus âgée des deux jeunes filles.

Gary et Lisa échangèrent un sourire.

— Nous sommes tous partis et lorsque nous sommes arrivés dehors, Ally nous a dit qu'elle n'avait pas envie d'aller avec nous à la fête. Elle est retournée voir Peter et a dû rentrer avec lui.

— L'avez-vous vue partir avec lui ?

— Non, mais c'est ce qu'elle a dit qu'elle allait faire et elle n'est pas rentrée chez elle.

Après un long interrogatoire, les deux témoins oculaires furent dirigés sur un autre poste de police dans le centre de Sydney, où il leur fut demandé d'apporter les corrections nécessaires au portrait-robot de « Peter » pour le rendre plus ressemblant.

Trois mois plus tard, la chasse à l'homme de grande envergure lancée par Alan Jackson n'avait toujours rien donné. Jackson était las, irritable et frustré comme peut-être jamais dans sa carrière jusque-là. Ses hommes avaient trouvé un surnom pour le tueur en série, « le Baiseur de Blacks », et avec le temps, le sobriquet s'était contracté en BB.

Jackson était assis au bar de la Redfern Tavern au beau milieu de la nuit, et regardait les bulles monter dans sa pinte de bière ambrée. Le bar était étonnamment rempli, même pour un vendredi soir, et les flics, de plus en plus nombreux à travailler sur Redfern, formaient le gros de la clientèle.

Mark Poulos se leva de son siège et s'approcha de Gary et de Lisa.

— Salut Gary, je suis Mark Poulos. Mon nom te rappelle quelque chose ?

Il s'arrêta, attendant une réaction.

— École primaire de Cleveland Street. Un petit gros grec.

Le visage de Gary s'éclaira.

— Bon sang, mais oui… Ton père tient une cafétéria, non ?

— *Tenait* une cafétéria. Il s'est lancé dans l'immobilier voilà quelques années.

— Ouais. Je me souviens très bien de toi. Comment tu vas ? lança Gary en lui serrant la main.

— Oui, je suppose que j'avais réussi à te faire entrer mon nom dans la tête, si l'on peut dire.

Ils éclatèrent de rire tous les deux.

— Et comme ça tu es dans la police ?

— Oui mais ça pourrait être pire. Tu pourrais y être aussi !

Ils continuèrent à échanger des plaisanteries viriles sous le regard absent de Lisa.

— Je sais que les gars vous ont pas fait de cadeau quand vous êtes arrivés, dit Poulos. J'en suis désolé. Mais on arrive à les faire changer d'avis. Rappelle-toi à l'école, on y était déjà arrivé.

— C'est vrai.

Gary se rendit compte qu'ils tenaient Lisa à l'écart.

— Oh, mince, excuse-moi. Lisa Fuller, je te présente Mark Poulos.

Ils se serrèrent la main.

— On est des vieux copains d'école.

— Bonjour, Mark, ravi de faire ta connaissance, sourit Lisa.

— Enchanté, répondit Poulos chaudement avant de se tourner vers Gary.

— Bon ben, bienvenue au club. Vous prenez quoi ? C'est la mienne.

Il jeta un œil à leurs verres sur le bar et interpella le barman.

— Deux bières et… c'est un gin tonic ? Lisa acquiesça. Et un gin tonic.

Lisa alluma une autre cigarette et se cala sur son tabouret.

— Alors Mark, ça fait combien de temps que tu es dans cette division ?

Il soupira longuement.

— Ouh là ! Pas loin de quatre ans.

— Et avant ? demanda-t-elle, curieuse.

— La fac. J'étudiais le droit, mais ça devenait un peu pénible. Je voulais faire appliquer le droit, pas l'aborder de loin, à la périphérie. Tu vois ce que je veux dire, me lancer dedans.

— Et tu es devenu flic, enchaîna Gary.

— Ouais. Je suis devenu flic.

Pendant les quelques heures qui suivirent, Gary et Mark discutèrent du bon vieux temps, heureux de faire partager leurs souvenirs à Lisa, parfois leur hilarité à l'évocation de versions divergentes, d'anecdotes en partie oubliées, de leurs vertes années. Lisa trouvait tout ça amusant. Elle voyait Gary avec des yeux différents. Finalement, fatigué, Mark se leva et leur lança une invitation à venir chez lui pour un barbecue avant le retour de l'hiver. Il en parlerait à sa femme et fixerait une date. Il descendit d'une traite le fond de sa pinte et partit.

Gary et Lisa restèrent seuls dans le petit coin du bar où ils s'étaient installés, enjoués et heureux.

— Toi aussi, tu l'attendais ce répit, disait Gary.

— Mais c'était ton idée, c'est toi qui m'as demandé de le faire.

— Oui, mais tu es effectivement allée le demander.

Gary faisait référence à la semaine de vacances qu'ils avaient obtenue. Lisa avait fait la demande officielle et la réponse venait de tomber. À partir du lundi suivant, ils avaient sept jours de congés payés. Tous deux étaient désabusés après leur mise sur la touche et ils avaient besoin de souffler, de recharger les accus.

— Alby était ravi. Il ne me voit pour ainsi dire jamais. Il assure que je passe plus de temps avec toi qu'avec lui.

Elle avait hésité à lui confier ça. Son expression s'altéra, Gary le remarqua.

— Encore deux autres, dit-il, sautant de son tabouret.

— Non… Il faut vraiment que j'y aille.

— Ne pars pas. Gary posa sa main sur la sienne. Reste encore un peu.

Elle le regarda dans les yeux.

— Non. Je dois y aller.

Elle se leva et partit d'un pas vif. Gary la regarda traverser la salle enfumée. Jackson aussi la suivit du regard. Il se tourna, tapota le siège du tabouret à côté de lui et fit signe à Gary de le rejoindre.

— Elle va bien ? demanda-t-il alors que Gary s'approchait.

— Oui. Ça va.

Gary commençait à sentir le poids de la fatigue. Il reprit son souffle en s'asseyant.

— Je sais que ça a été dur pour vous deux. On vous a mis sur le devant de la scène, on a braqué les projecteurs sur vous, et vlan, en plein milieu du spectacle, on vous a évincés alors que vous commenciez à casser la baraque. Je sais exactement comment je réagirais… Tu veux une bière ?

Il n'attendit pas la réponse, héla le barman et fit signe qu'il lui en fallait deux autres.

Gary profita de l'occasion pour vider son sac.

— Ce qui nous irrite le plus est la manière dont les gens nous évitent. Tout ce que nous faisons désormais donne l'impression d'ennuyer quelqu'un ou d'entraver le bon déroulement de l'enquête.

— Comme quoi, par exemple ?

— Comme d'essayer de passer un peu de temps sur l'ordinateur central.

— On a des opérateurs de saisie sur ce monstre qui font ça très bien pour vous, rétorqua Jackson, sur le ton de la surprise.

— Ouais, mais lorsqu'on demande quelque chose, ils exigent des demandes écrites et signées de vous. On dirait qu'ils nous mettent des bâtons dans les roues.

— Ne sois pas ridicule.

— Je ne le suis pas. J'ai connu ça toute ma vie et je sais quand on me mène en bateau.

— Tu vires parano, tu as bien besoin de ce congé, répliqua Jackson.

Les bières arrivèrent et Jackson paya. Gary lui offrit une cigarette.

— J'ai arrêté voilà cinq ans. Ils m'ont dit que je serais mort dans l'année si je n'arrêtais pas. Emphysème.

Gary replaça le paquet dans sa poche.

— Mais vas-y, ne te gêne pas pour moi. J'adorais fumer. Je ne suis pas comme ces crétins de repentis qui passent leur temps en prêchi-prêcha à essayer de te faire culpabiliser. Fume, et profites-en bien. J'aimerais pouvoir en faire autant.

Lisa rentra à la maison prudemment. Il était quatre heures et demie. De rares travailleurs matinaux étaient déjà en route pour leur service de cinq heures. La semaine prochaine, ils avaient décidé d'aller rendre visite au père d'Alby à Murrurundi. Il vivait là-bas tout seul dans une baraque en préfabriqué un peu en dehors de la ville. La mère d'Alby était morte voilà huit ans d'un cancer de l'utérus. Elle n'avait jamais été suivie de près, aussi lorsque le diagnostic avait été rendu, il était bien trop tard pour la soigner. Lisa aimait bien Murrurundi, mais ne supportait le père bougon d'Alby qu'à petites doses, comme un curry très relevé. Il était de ces hommes qui, lorsqu'ils juraient en public, se débrouillaient pour faire sonner les insultes dans leur plus profonde vulgarité.

L'air vif du petit matin perçait à travers la vitre légèrement baissée de la portière et faisait voler ses cheveux en arrière alors qu'elle démarrait au feu.

Une nappe de brouillard macérait au fond de la vallée, recouvrant presque totalement la petite localité de Murrurundi. Les arbres sur les pentes abruptes qui entouraient la ville étaient parés de leurs plus belles couleurs. On était début avril, l'automne s'installait. Alby avait conduit la petite Ford Laser à la vitesse limite pendant les quatre heures du trajet afin qu'ils soient chez son père avant dix heures. Ils arrivèrent avec quinze minutes d'avance sur le programme.

— Oh, regarde ce brouillard. On dirait un village de conte de fées, remarqua Lisa, doucement.

— Le soleil va vite dissiper tout ça.

— Je n'ai pas envie que ça se dissipe.

— C'est pourtant ce qui va se passer. Vers onze heures, je pense.

Alby engagea la voiture dans l'allée et klaxonna.

Il avait raison. À onze heures, le brouillard avait disparu. On voyait désormais, en une apparition enchanteresse, la ville se détacher clairement dans son nid bordé de montagnes. Les collines escarpées se succédaient par ordre de grandeur, les plus hautes coiffées d'arbres à leur sommet. Les vallées et les plaines étaient un paradis pour cavaliers et les grands étalons du coin étaient renommés dans le monde entier. On était au pays du polo. L'homme le plus riche d'Australie avait acquis l'essentiel des terres avoisinantes et en avait transformé une bonne partie en terrain de sport privé.

À chaque fois qu'elle le pouvait, Lisa s'aventurait sur les chemins de terre en dehors de la ville. Partant pour des promenades sans but, elle découvrait toujours des paysages à couper le souffle. Elle emportait avec elle un panier à pique-nique rempli de viande, de fromage, d'olives, de pain et de chablis. Alby l'accompagnait le plus souvent, mais aujourd'hui, il souhaitait rester avec son père. Elle n'avait pas protesté. Elle ralentit sur le chemin étroit et, regardant de l'autre côté de la vallée, choisit soigneusement un endroit où se garer. Elle laissa la voiture au sommet et s'approcha du bord d'un ravin escarpé. Derrière elle, le moteur de la Laser ronronnait doucement. D'ici, la vue s'étendait au-delà de la ville, tout au long de la vallée tracée par la rivière, sur des kilomètres.

Elle retourna à la voiture, passa sa main par la portière et arrêta le moteur. Le bruit jurait dans le décor. Un silence intense s'imposa, et elle sourit.

Deux heures plus tard, elle était allongée sur une couverture douce et douillette et s'abandonnait à la chaleur intime de l'instant. Le repas était savoureux. Le chablis sec à souhait. L'endroit serein.

Lisa avait quinze ans lorsqu'elle obtint son brevet à Bombala. En sortant de la salle d'examen, elle savait que ça avait bien marché, elle était pleine de confiance. En dix années à la pension, elle avait le plus souvent terminé devant la plupart des filles des autres écoles de la ville. La surveillante ne se privait pas d'utiliser ses résultats pour faire la promotion de l'enseignement dispensé à la pension.

Six mois plus tard, elle rangeait ses rares affaires dans une vieille valise qui avait vécu. Elle partait l'après-midi même pour Cobar où allait débuter sa vie d'adulte. Le gouvernement avait pris les dispositions nécessaires pour qu'elle soit employée à titre de domestique auprès de la famille Dean, dans leur propriété. Les Dean étaient éleveurs depuis trois générations. Dans son sac, elle avait deux enveloppes : une lettre de recommandation et un CV détaillant ses performances en matière d'éducation et de bonne conduite.

Son départ fut triste. Les larmes habituelles, versées par les plus jeunes, rappelaient à Lisa son passé. Pourquoi pleurer ? se demanda-t-elle. Pour son départ ou parce qu'elles restaient ? La simple idée de la liberté, quelle qu'en soit la réalité, suffisait à la rendre heureuse. Même le lopin isolé d'un éleveur valait mieux que ce « foyer » gouvernemental qui avait été jusqu'ici le décor de sa vie.

Miss Williams accompagna Lisa jusqu'au train de Sydney. À Sydney, elle devait changer de quai et monter à bord de l'omnibus pour Cobar. Miss Williams n'avait jamais pardonné à Lisa son escapade en ville. Leurs adieux furent brefs.

— Tu ne parles à personne, insista la surveillante avant de tourner les talons et de disparaître. Les chaînes gouvernementales étaient enfin brisées et Lisa se retrouvait libérée. Lorsque le train s'ébranla, son excitation était telle que Lisa avait une furieuse envie de faire pipi. La réalité la frappait de plein fouet : désormais, c'était à elle de découvrir son destin, sa vie. Les larmes embuèrent son reflet dans la vitre du train alors que défilait un paysage champêtre.

Le Cobar Mail était pour l'essentiel un train de marchandises. Il n'y avait que deux wagons de voyageurs à l'avant. C'était un train de nuit qui traversait les villes les plus reculées du nord-ouest des Nouvelles-Galles du Sud, abandonnant en route ses voitures de fret le long du parcours au gré des voies de garage.

Dix-huit heures et de nombreuses discussions amicales plus tard, en infraction aux instructions de Miss Williams, Lisa arrivait à Cobar. Elle fut accueillie par la mine sévère de Mr Dean. Tout au long de la quarantaine de kilomètres du trajet jusqu'à l'exploitation, il desserra à peine les dents. Lisa s'en moquait, elle découvrait le paysage : les plaines sans relief et sans végétation ne ressemblaient à rien de ce qu'elle s'était imaginé. Ces décors, à présent, lui paraissaient différents, excitants, chargés de défis. C'est ici qu'elle allait vivre.

Ils passèrent plusieurs barrières, plusieurs enclos, un ruisseau à sec et débouchèrent enfin devant la ferme des Dean. C'était une vaste demeure carrée en bois, dotée de quatre chambres, avec une véranda de chaque côté. On aurait dit un grand chapeau aux larges bords. Mrs Dean et ses trois enfants sortirent de la maison pour les accueillir.

Lisa trouva Mrs Dean jolie et Mr Dean eut soudain l'air plus décontracté. Elle remarqua qu'il était plus jeune qu'elle ne l'avait pensé à première vue, plus grand, et plus prospère. Elle décida qu'elle était bien tombée. Elle savait bien que rien ne l'obligeait à demeurer là toute sa vie, qu'il y aurait une fin et que son contrat était de deux ans.

Plus tard, après qu'on l'eut conduite à sa chambre, elle déballa ses affaires. Elle sortit les deux enveloppes de Bombala qu'elle était censée remettre à ses employeurs. Elle s'attaqua soigneusement au rabat de l'enveloppe qui contenait les résultats de ses examens. L'enveloppe finit par céder. Au comble de l'excitation, elle lut ce qui s'y trouvait.

Pension Bombala — ÉVALUATION scolaire

À qui de droit,

Nous tenons à informer par la présente qu'à la date de son départ de notre institution, Lisa Chatfield a subi des examens qui ont révélé qu'elle était illettrée. En dépit de tous nos efforts, Lisa, comme la plupart de ceux de sa race, est incapable d'apprendre.

Elle est restée aux bons soins de la Pension Bombala pendant onze années au cours desquelles elle a démontré qu'elle pouvait être une travailleuse obéissante. Nous l'avons parfaitement formée pour un emploi de domestique.

Pour tout complément d'information sur notre ancienne élève, n'hésitez pas à m'écrire personnellement.

Veuillez agréer mes salutations les plus dévouées,

Miss M. Williams, Surveillante chef — Pension Bombala pour jeunes filles.

La vindicte de la surveillante l'avait poursuivie jusqu'à Cobar.

Lisa prétendit plus tard avoir perdu la lettre. Elle demanda à Mrs Dean si elle pouvait demander par écrit qu'on lui envoie ses résultats au brevet. Elle accepta bien volontiers. Quelques semaines plus tard, Lisa put prouver fièrement aux Dean ses véritables capacités telles qu'elles avaient été évaluées par les services de l'État :

elle avait mieux réussi que 90 % de ses camarades dans toutes les matières.

Au cours des mois qui suivirent, lorsqu'elle allait faire des courses en ville, Lisa découvrit avec effroi comment les Aborigènes vivaient désormais aux marges de la société érigée par l'homme blanc : dans la déchéance, dépouillés de leur culture et de leur fierté. Mais les Dean formaient une famille chrétienne et attentionnée. Lisa établit un lien très fort avec les enfants.

Consciencieusement, Mr Dean envoyait chaque mois la paie de Lisa au fonds gouvernemental créé pour assurer la sécurité future des jeunes Aborigènes, comme le prévoyait le contrat, mais Lisa ne reçut jamais le moindre salaire. C'était le lot de la plupart des enfants aborigènes contraints à vivre cette forme d'esclavage organisé.

— Que dirais-tu si nous allions dîner dehors ce soir ?

Gary prit Helen, sa femme, par surprise. Elle quitta la télévision du regard et dévisagea son époux avec des yeux écarquillés.

— Ce serait génial.

L'émission d'actualités qu'elle regardait ne pesait pas lourd face à la perspective d'un dîner en ville.

— Où veux-tu qu'on aille ?

— Pourquoi pas un Italien ? Oui, j'ai bien envie d'un Italien.

— Adjugé, ma grande. On y va…

Elle lança un coussin du canapé en direction de Cary, qui se baissa pour esquiver.

La dernière fois qu'elle l'avait eu pour elle toute seule un soir entier, c'était voilà près d'un an, lorsqu'il était encore à l'école de police. Elle appela la baby-sitter. Ces derniers temps, les rares fois où Cary rentrait tôt, il était distant et se réfugiait dans la lecture ou compulsait des dossiers ramenés du bureau. Helen était impatiente de cette semaine en amoureux qui les attendait.

Helen était fine et donnait la fausse impression d'être grande, alors qu'elle ne mesurait qu'un petit mètre soixante. Ses cheveux blonds lui arrivaient aux épaules. Elle avait des seins menus et le corps d'une sportive de haut niveau. Bronzée, elle irradiait la santé et son sourire était désarmant pour les hommes comme pour les femmes. Elle sortit de la douche et laissa tomber la serviette en entrant dans la chambre.

— Mon Dieu comme tu es belle.

Il l'attira vers lui. Elle haletait, ses cheveux mouillés balayant son visage tandis qu'il l'embrassait. Ils roulèrent sur le lit.

— Le restaurant ! chuchota-t-elle. L'Italien… Peut-être que David ne dort pas…

Ses baisers la firent taire.

Lorsqu'ils entrèrent chez Fioretti, le chef de rang leur sourit de sa place derrière le pupitre de l'entrée et cocha leur nom d'une énorme croix sur le registre des réservations. L'arôme caractéristique des mélanges de saveurs méditerranéennes s'exhalait de la cuisine et emplissait cette adresse très prisée des gastronomes du centre ville. Le restaurant était divisé en trois grandes salles. Le décor était presque exagérément italien : des murs blancs en stuc, un sol carrelé de terre cuite, des nappes à carreaux rouges et blancs, des paniers d'osier et des vases de terre ocre. On les plaça dans un coin de la salle du milieu.

— C'est la table des amoureux, annonça le serveur.

Une table pour nous, pensa Helen, en se remémorant le début de la soirée. Le serveur leur laissa les menus et promit de revenir au plus vite.

— Sympa, nota Helen. J'adore cette façon qu'ont les Latins d'accorder autant d'importance à l'amour et aux amoureux.

— Alors qu'en fait, il ne pense qu'aux diverses manières dont il pourrait te dévorer, la taquina Gary.

— Il n'a jamais caché qu'il nous trouvait appétissants.

— Qu'il TE trouvait appétissante, corrigea Gary.

— Maintenant que tu le signales, c'est vrai qu'il n'avait pas l'air très intéressé par ta personne, mon pauvre chéri.

Des relents exotiques parvinrent jusqu'à eux depuis le plateau des antipasti.

— Mmm. Quel merveilleux bouquet de senteurs. Ils le font exprès, non ?

Helen sourit et leva le nez pour renifler.

— C'est pour nous mettre en appétit. Faisons vite, que tout ça rapplique dare-dare dans nos assiettes, lança Gary, plongé dans son menu.

— Et une bonne bouteille de rouge costaud.

— Et du bon pain chaud, ajouta Gary.

Il se redressa et agita la carte pour attirer l'attention du serveur. Le pauvre bougre rappliqua ventre à terre lorsqu'il croisa le regard d'Helen.

CHAPITRE 21

Evelyn détestait prendre l'avion, mais lorsque l'occasion se présenta d'aller rendre visite à ses amis les Johnson pour un trajet à moitié prix, elle ne put résister. Elle ne les avait pas vus depuis près d'un an. Ils s'écrivaient souvent et se parlaient au téléphone, mais ça ne suffisait pas vraiment.

Christine Johnson avait été très généreuse avec Evelyn lors de ses années d'études et elle aimait lui rendre visite dès qu'elle le pouvait. Christine était chorégraphe. Elle avait trouvé des engagements pour Evelyn alors qu'elle n'avait que seize ans, essentiellement des spectacles dans des pubs. Evelyn était trop jeune à l'époque pour se produire dans des débits de boisson. Il fallait avoir dix-huit ans dans les Nouvelles-Galles du Sud. Mais Christine avait pris le risque de la faire engager quand même. Elle faisait plus âgée. Et puis, en moins d'une semaine, la mode vira au topless. Christine tenta bien de trouver des lieux où Evelyn n'aurait pas à montrer ses seins, mais cela devint de plus en plus difficile. Finalement, Evelyn confia à Christine que cela ne la gênait pas de danser seins nus. Elle ne se faisait aucune illusion sur son physique. Sa poitrine n'avait rien d'exceptionnel et elle se doutait bien qu'elle n'allait pas déclencher d'émeute dans les bars enfiévrés de Sydney. Et puis elle avait un tas d'amies au cours de danse qui le faisaient, alors pourquoi en faire tout un plat ? Après ses premiers spectacles topless, elles se sentirent soulagées l'une comme l'autre. Le travail affluait et l'argent avec, donnant à Evelyn, pour la première fois de sa vie, un sentiment de sécurité.

Le mari de Christine, Paul, était un brave homme. Plutôt réservé, il avait jadis écrit des pièces télévisées pour la BBC à Pebble Mill, près de Birmingham. Il ne s'était jamais vraiment adapté en Australie, sa réserve britannique innée, irrépressible, l'en avait empêché.

L'avion s'inclina légèrement. Les ailes plongèrent et Evelyn aperçut le petit aéroport de Maroochydore en dessous.

Christine l'attendait dans la zone de retrait des bagages, elle lui fit signe et l'appela alors qu'Evelyn approchait. Elles discutèrent de choses et d'autres pendant le long trajet jusqu'à la maison des Johnson, située dans l'intérieur des terres, loin de la côte, sur un plateau surplombant une rivière. Paul les attendait à la porte. Il avait préparé un déjeuner sophistiqué sur la vaste terrasse dominant un sublime décor forestier qui s'étendait jusqu'aux collines dans le lointain. L'océan était visible au-delà des reliefs.

— Nous avons un marché tout bonnement merveilleux ici à Eumundi, expliqua Christine alors qu'elles s'installaient autour du déjeuner.

— Il a lieu tous les samedis. Après, nous allons au pub génial qui est juste en face, pour boire et dîner. Ils brassent leur propre bière sur place, l'Eumundi Bitter. C'est le meilleur pub sur la Sunshine Coast. Je suis sûre que tu vas adorer...

— J'en suis sûre. Ça m'a l'air très sympa, répondit Evelyn, se relâchant peu à peu à présent que son épreuve aérienne était terminée. Noosa promettait d'être un havre de paix et de détente.

Le jour où le froid a commencé à s'installer, je suis parti pour le Queensland. J'ai pris le car : il ne faut que quatorze heures pour se rendre à Surfer's Paradise.

Là-bas, il ne faisait pas tellement plus chaud qu'à Sydney, mais j'ai fait avec. On dirait un mélange de Kings Cross[1] et de Disneyland ici. La nuit, c'est éclairé comme dans une boîte ou un cirque. Mais qu'est-ce que ça peut me gonfler quand les gens vous abordent dans la rue pour vous vendre des trucs ou vous inviter dans des endroits dont vous n'avez jamais entendu parler. Ils sont sans arrêt après vous dans ce bled. Mais les femmes aussi, il y en a partout.

J'ai une théorie sur les bonnes femmes. Elles partent en vacances dans des coins où personne les connaît, histoire de s'amuser, baiser à droite à gauche, et vous voyez ce que je veux dire, tout le monde s'en fout. Elles les premières. Elles sont

1. Quartier chaud de Sydney.

prêtes à l'emploi dans ce bled, mais quand elles rentrent à la maison, rien à voir. Leur truc, c'est « éclatons-nous une fois par an ». Elles sont jeunes en plus. Des gamines pour la plupart.

Je me rappelle quand j'étais ado, juste après mes treize ans. J'allais prendre un bain. L'eau coulait et j'étais là, à poil, à attendre et à le tripoter. Le temps que la baignoire se remplisse, mon sexe était dur comme du roc. J'aimais l'intimité de la salle de bains… vous voyez, pour s'astiquer. Sauf que cette fois, maman arrêtait pas d'aller et venir derrière la porte. Un peu plus tard, mon père s'est ramené et a tapé à la porte. Il a dit un truc du genre : « Qu'est-ce que tu fous là-dedans mon gars ? Dépêche-toi de sortir de là. » J'arrêtais pas de me tripoter, je bandais comme un fou. Il est revenu avec maman et les deux s'y sont mis. « Sors de là », qu'ils disaient. Il a fini par enfoncer la porte. « On sait très bien ce que tu fais, a dit ma mère. On est pas débiles ». À partir de ce jour-là, j'ai dû prendre mon bain avec la porte ouverte. Ma mère venait même s'asseoir sur une chaise près de moi pendant que je prenais une douche. J'aurais dû faire pareil et aller m'asseoir à leur chevet quand je les entendais baiser. Pour voir si ça leur plaisait. Mais tout ça n'était rien à côté du pote alcoolo de mon père, Alfred, qui me prenait par-derrière chaque fois qu'il en avait l'occasion depuis que j'avais sept ans.

J'ai quitté Surfer's Paradise après une petite semaine, il y faisait trop froid et tout était trop cher. J'ai fini par atterrir à Noosa Beach, sur la Sunshine Coast. En faisant les poubelles d'Evelyn, j'avais trouvé une lettre d'une amie à elle ; je savais qu'un jour ou l'autre, elle débarquerait à Noosa, aussi j'ai pris les devants. C'est plus petit et plus sympa là-haut. J'ai pris un petit boulot à mi-temps dans un restaurant de fruits de mer juste à côté de la rivière. Je travaillais en cuisine, à la plonge pour l'essentiel. Et puis au bout de quelques semaines, ils m'ont fait servir à table. J'adorais ça. On rencontre plein de gens et on peut brancher les gonzesses facilement.

La mieux que j'ai rencontrée, c'est une fille du coin, Colleen. Elle a des longs cheveux roux frisés, elle est un peu grosse, mais elle a une sacrée paire de nichons. Elle est super ! Elle vend des pulls en coton au marché d'Eumundi. C'est elle qui les tricote, le classique truc australien pour touristes. Le samedi, je fais le marché avec elle. Et après le marché, tous les gens qui ont des stands vont dans ce bon vieux pub en face. Ils font leur propre bière là-bas, direct dans le pub. J'aime bien. Un tas de gonzesses blacks ont commencé à venir au pub et putain, elles sont bonnes. Ça m'excite rien qu'à les voir entrer. C'est à tel point que tous les samedis soir, j'attends qu'elles arrivent. Ça me soulage rien que de les voir débarquer. Colleen est sur la même longueur d'onde que moi, je crois, parce qu'après, je lui fais porter des tee-shirts d'Aborigène au lit, et je la baise comme un dingue.

Dans le silence et le calme de la nuit, Alby se retourna dans le lit et chercha Lisa de la main.

Elle s'éveilla à la chaleur de son contact. Il se serra contre elle.

— Alby, non. Il va nous entendre, murmura-t-elle.

Il se détourna d'elle et s'allongea sur le dos avec un long soupir. Il savait bien qu'elle avait raison. Son père était vieux, mais il n'était pas sourd et les murs fins de la baraque étaient tout sauf insonorisés. Voilà des semaines qu'elle refusait ses avances. Mais il n'aborda pas le sujet, attendant qu'ils rentrent à la maison. Il ne faisait pas semblant pour autant d'être heureux et, bientôt, ne cacha plus son mécontentement.

Le lendemain matin, Lisa se leva tôt. Alby grogna et renifla alors qu'elle sortait du lit. Elle s'habilla sans bruit et marcha jusqu'aux boutiques en ville pour acheter le journal, des croissants frais et des fruits. Il faisait froid. L'air était figé, les feuilles qui restaient sur les arbres viraient au roux, au doré, au marron. À une époque, Lisa avait envisagé d'acheter une maison à Murrurundi, tant elle aimait cet endroit. Si le père d'Alby n'avait pas habité là, elle y aurait songé très sérieusement. Elle avait passé un accord tacite avec son beau-père : ils ne s'aimaient pas et voilà. Elle n'aurait pas vraiment supporté de vivre dans un endroit en sachant qu'il habitait à proximité, aussi rangea-t-elle cette idée dans un coin reculé de son cerveau. Il se ratatinait chaque année et ne vivrait pas éternellement. Alby récupérerait la maison et elle l'aiderait à la retaper : mais non, elle ne voulait pas y penser.

Lisa rentra à la maison sans se presser, jetant

des regards çà et là aux titres du journal. En s'approchant, elle vit qu'Alby était sorti dans le jardin de devant et qu'il s'activait avec une lourde pioche et une fourche. Elle sourit, ignorant qu'il s'intéressait au jardinage. C'était elle la fille de la terre, la conservatrice, la nourricière. Lui était le constructeur, le savant, l'ingénieur. Leurs amis avaient coutume de dire qu'ils formaient la plus parfaite des dichotomies en matière de philosophies de la vie, des hôtes parfaits pour animer les discussions d'après dîner.

L'odeur de la terre retournée fit ressurgir la chaleur d'une impression psychologique ancrée au plus profond de Lisa. Peut-être résidait-elle dans une descendance spirituelle ou était-ce l'empreinte laissée par une de ses vies antérieures, lorsqu'elle était un paysan, un agriculteur, un Aborigène pratiquant la cueillette.

— J'aime te voir travailler la terre, lança-t-elle à Alby.

— Ouais, les femmes aiment faire suer leurs hommes, c'est ce qu'on dit.

— Non, je pense que ça a plus à voir avec une inversion des rôles. N'oublie pas que c'est moi la responsable du nid.

— Arrête avec ces foutaises. Tiens, prends les plantes en pot à la maison. Qui a insisté pour qu'on en ait ? Et qui s'en occupe ?

— Moi.

— Tu rigoles !

Une fois de plus, il était vexé. Il s'arrêta de bêcher et la fixa droit dans les yeux.

— Tu sais bien que c'est moi.

— Bien sûr, admit-elle, lui passant devant avec un sourire qu'il interpréta comme une marque de défi.

— Eh, attends…

— J'ai du pain frais pour le petit-déjeuner, il faut que je rentre.

Alby s'arrêta quelques secondes et la regarda entrer dans la maison, bouche bée. Elle était vraiment belle. Il aimait sa manière d'être, son aisance, elle l'excitait. Il fallait qu'il arrête de jouer les victimes parce qu'ils ne faisaient pas l'amour. Il allait essayer de la convaincre de rentrer à la maison plus tôt que prévu. Peut-être accepterait-elle de rentrer à Sydney dès ce soir…

Lisa écarta les couvertures, dévoilant sa nudité. Les yeux d'Alby se posèrent d'abord sur sa poitrine, puis il passa tout son corps en revue, s'arrêtant à la douceur de sa toison pubienne. Ils étaient arrivés à la maison juste avant la nuit et dix minutes plus tard, ils étaient au lit. Ils passèrent la moitié du reste de leur semaine de vacances au lit, à faire l'amour, essayant de rattraper le temps perdu.

Alan Jackson vint buter lourdement contre la porte des toilettes de sa maison de Penrith, s'ouvrant profondément le crâne. Le sang coulait à flots au-dessus de son œil gauche. La douleur intense qu'il avait ressentie dans la poitrine et dans le bras gauche le força à vider ses poumons. Il ne parvint pas à reprendre son souffle. La lumière se voila. Ses yeux se fermèrent et derrière les paupières, la couleur rouge se mua en bleu avant que tout sombre dans l'obscurité.

Moins de quinze minutes après que sa femme eut appelé une ambulance, il était en observation dans l'unité de soins intensifs de l'hôpital public local. Le lendemain, une vague de panique gagnait la Criminelle.

CHAPITRE 22

Gary conduisait, mais sa voiture connaissait la route mieux que lui. Elle se frayait un chemin au travers de la mêlée ouverte des bagnoles qui fonçaient vers la ligne de gratte-ciel qui donnaient à Sydney des airs de Manhattan. Ces encombrements ennuyaient la Ford Falcon rouge, qui était contrainte de freiner pour atteindre son but. Elle déboîta intelligemment pour se placer dans la voie rapide et se porter à la hauteur d'une voiture de sport allemande transportant une blondasse au visage sévère et aux habits masculins. Échappant totalement au contrôle de Gary, elle défia le feu orange, et perdit. Près du stade de football, elle passa au rouge et traversa au nez et à la barbe du flot qui venait des deux côtés. Elle klaxonna rageusement, insulta les piétons et ralentit sensiblement à l'approche de Redfern. Gary sortit de sa rêverie, tout étonné d'être arrivé au bureau ; c'est à peine s'il se souvenait du trajet qu'il venait d'effectuer.

Lisa avait préparé un café qui l'attendait. Elle allumait sa deuxième cigarette.

— J'y crois pas… Il est venu travailler.

Elle haussa les sourcils, indiquant d'un signe de tête la direction du bureau de Jackson.

— Il a convoqué une réunion d'urgence pour ce matin.

À travers les lourds panneaux de verre de son bureau, Gary observa leur chef harassé, le teint gris, qui piochait dans de hautes piles de paperasse. Il pivotait sur son siège, s'emparant de formulaires et de notes de service entre ses gros doigts pour les transférer d'une pile à l'autre. Il jetait un œil rapide sur les documents, y apposait sa signature ou gribouillait des instructions avant de les placer sur le tas d'à côté.

Jackson avait repris le boulot. Il était sept heures trente, lundi matin, trois jours après son infarctus. Le personnel se réunit dans la salle de repos.

— Je ne suis pas venu pour vous faire perdre votre temps, lança-t-il en traversant la salle. Nous sommes dans la merde jusqu'au cou. Ou plutôt, je suis dans la merde. Ce putain de boulot n'aura pas ma peau avant l'heure.

Jackson était furax. Il marqua une pause.

— J'ai vraiment besoin de vous.

L'émotion l'obligea à s'interrompre à nouveau. Les larmes embuaient ses yeux qui clignaient.

— Je ne vais pas pouvoir surmonter cette épreuve tout seul…

Il ne put aller plus loin.

Il y eut un long silence, bientôt contrarié par des chuchotements gênés. Soudain, Gary éleva la voix.

— C'est bon, Alan, nous savons ce qu'il faut faire. Rentre chez toi et fais-nous confiance.

Les cœurs endurcis des policiers lâchèrent prise.

— Ouais ! Rentre chez toi, lancèrent-ils en chœur. Rentre !

Jackson redressa la tête, rassuré par l'ardeur de ses troupes. Il quitta lentement la pièce sous les applaudissements et les vivats, dans une ambiance d'une rare intensité. C'était un moment qu'ils n'oublieraient pas.

Danny Renaldo avait perdu quarante kilos. Ses joues s'étaient creusées, sa peau avait jauni. De larges cernes bruns s'étaient formés autour de ses yeux enfoncés. Ses cheveux s'étaient clairsemés, avaient blanchi. Il était assis en fleur de lotus avec dix-huit autres malades sur un immense tapis afghan. Par les portes-fenêtres, il contemplait le décor champêtre des monts Otway. Il écoutait la voix apaisante du gourou guérisseur, Lew Cawley.

— Si vous n'arrivez pas à vous mettre dans l'ambiance, n'hésitez pas à revenir à la prochaine séance dans quelques heures. Ne forcez pas les choses. Vous ne feriez qu'engendrer de la frustration.

Il s'interrompit brièvement.

— Si vous ne parvenez pas à un état méditatif en quelques minutes, arrêtez ! Vous ne feriez que transformer ce qui doit être un moment de détente et de soulagement en une expérience stressante qui aboutirait au résultat inverse. Si certains d'entre vous veulent quitter la salle, nous attendrons, ne vous pressez pas.

Sept ans plus tôt, Lew Cawley avait deux tumeurs grosses comme des balles de tennis au poumon gauche. Il avait étudié les méthodes de méditation, s'était astreint à un régime sans graisse, avait mené une vie d'ascète dans une grotte en s'accrochant désespérément à l'espoir. Il affirmait avoir gagné. Ses tumeurs s'étaient réduites de manière spectaculaire et avaient fini par disparaître complètement. La rémission avait été totale. Il assurait qu'il n'y avait là pas l'ombre d'un miracle. Il se chargeait à présent de transmettre ses techniques à autrui.

Danny décida, comme trois autres malades, de quitter la pièce.

Cawley continua.

— On commence ?

Une approbation collective émana du groupe.

— Je veux que vous ressentiez cette attente positive, celle que vous éprouvez quand vous allez au cinéma et que vous êtes bien décidés à vous amuser. C'est l'approche qu'il faut avoir de la méditation. Détendez-vous, laissez faire les choses. Laissez-vous gagner. Plus vous essaierez de vous contrôler, plus la barrière que vous construirez sera difficile à franchir.

La voix du gourou s'atténua.

Danny ahana. Il avait du mal à respirer. La douleur dans le dos était comme une mauvaise crampe qui ne disparaissait pas. Il s'assit en tailleur et sentit les muscles de sa poitrine forcer pour inspirer de l'air. Il n'avait plus assez de force pour se battre. Si la mort était proche, tant pis, il s'en moquait désormais. Dans son esprit, si sa dernière heure arrivait bientôt, il accepterait de bonne grâce sa pitié et sa tranquillité.

Vu d'avion, le long parking qui accueillait les samedis le marché d'Eumundi, dans le Queensland, ressemblait à une fourmilière en pleine activité. Les fourmis étaient organisées de manière très sophistiquée, s'arrêtant poliment pour se laisser passer dans les allées étroites et noires de monde ou pour s'agglutiner sur des morceaux de sucre multicolores.

Un peu plus haut, les voitures de retardataires tournaient au ralenti à la recherche de places inexistantes. Finalement, leurs occupants rebroussaient chemin et se résignaient à effectuer un long trajet à pied. Les places les plus proches en ce samedi matin étaient à plus d'un kilomètre.

Puisque Evelyn dormait toujours, Christine et Paul prirent leur petit-déjeuner sans elle dans leur salle à manger baignée par le soleil. Leur maison de cèdre et de verre était à ce point remplie de plantes vertes qu'il était difficile d'établir la frontière entre l'intérieur et l'extérieur. De larges fenêtres entouraient la totalité de la maison. De nombreuses portes donnaient sur des terrasses spacieuses. Un escalier en colimaçon, couvert d'arbustes tropicaux et de plantes, formait l'axe central de la demeure, couronné d'une pyramide de verre qui diffusait la lumière du jour au centre de la bâtisse.

Evelyn finit par émerger et s'aventura dans l'escalier central pour découvrir que la maison était vide. Paul était occupé dans l'arrière-cour. Il taillait un chemin au milieu de la végétation dense qui descendait vers le ruisseau en contrebas, où il projetait d'installer un petit pavillon. Christine repêchait les feuilles et les insectes dans la piscine.

Evelyn débarqua sur la terrasse, détendue, reposée. Elle s'étira langoureusement.

— Bonjour, lança-t-elle en agitant le bras en direction de Christine, qui leva les yeux, sourit et répondit d'un geste similaire.

La maîtresse de maison servit du café, avec des fruits et du pain aux céréales qu'elle avait préparé le matin même. Elles s'installèrent sur la terrasse et se lancèrent dans une conversation animée autour du café chaud. Quand Paul les rejoignit quelques minutes plus tard, ils convinrent de nager un petit peu et de prendre une bonne douche avant de se rendre au marché.

L'affluence du marché avait augmenté substantiellement au cours de la matinée et les trois amis furent contraints de marcher plus d'un kilomètre et demi pour rejoindre les premiers étals. Les gens se bousculaient, avançaient et s'entassaient gentiment dans un esprit bon enfant. Une atmosphère de fête était dans l'air.

— Si on se perd, retrouvons-nous sous ce jacaranda dans une demi-heure, annonça Christine, en indiquant du doigt l'arbre en pleine floraison bleu vif.

Ils s'enfoncèrent dans le flot lent et dense des chineurs et des badauds.

J'en ai pas cru mes yeux quand je l'ai vue se pointer dans l'allée. Evelyn, ma putain, ma délicieuse Evelyn, là en plein dans mon marché. Je savais qu'elle allait venir, mais il faut bien admettre que le destin avait son mot à dire sur ce coup-là. Ça devait arriver. Vous savez, j'ai vraiment essayé de m'arrêter. J'ai changé d'État pour m'en sortir. Je savais bien que si je continuais comme ça à tuer, je finirais par être attrapé un jour ou l'autre. Mais si Evelyn se pointait, bon, ça changeait tout. J'ai eu peur, surtout après cette nana blanche. Putain, ça m'a vraiment foutu les jetons. Même si c'était un accident. J'avais jamais tué de nana blanche par le passé. Je pense que j'ai été bien inspiré de choisir des Noires. On en fait pas tout un foin, de ces gonzesses-là, c'est vrai quoi…

Evelyn s'est avancée vers moi et Colleen. Elle aimait bien les pulls. Quand elle en a pris un, je me suis précipité pour lui demander si je pouvais l'aider. Elle m'a reluqué, et d'abord j'ai cru qu'elle m'avait reconnu. Colleen est devenue toute rouge. Evelyn a souri et a dit qu'elle faisait que regarder. Elle en a encore admiré un ou deux autres avant de partir. J'ai maté son cul pendant qu'elle se laissait entraîner doucement dans le mouvement de la foule. Putain…

Je l'ai laissé disparaître de ma vue et j'ai attendu quelques minutes. Alors j'ai dit à Colleen que j'avais envie d'un verre, que je revenais dans une minute. Je suis parti dans l'autre sens et j'ai fait demi-tour par l'autre allée. J'ai vite repéré Evelyn et une belle femme plus âgée arrêtées à un stand de crayons. Elle était super intéressée par les crayons. Ils étaient incrustés dans des branches d'arbres. Elle s'est retournée en riant. Et là, elle m'a aperçu en train de la regarder.

Evelyn ressentit une gêne en voyant l'homme l'observer au marché. Il avait quelque chose de familier. Puis elle se souvint, c'était l'homme du stand des pulls. Il s'était montré un peu pressant, mais elle avait l'impression de l'avoir éconduit poliment. Elle était certaine de l'avoir déjà vu auparavant. Peut-être à Sydney ?

Il disparut dans la foule. Evelyn se demanda si elle devenait parano, mais il y avait chez lui quelque chose d'inquiétant.

Le soir venu, au Eumundi Hotel, Evelyn se laissa gagner par l'ambiance conviviale et s'amusa comme une petite folle. Ils avaient avalé un banal repas de pub, composé d'une entrecôte, de patates, de salade et d'une miche de pain, le tout arrosé de vin rouge. Paul était un poivrot, pensa Evelyn, un poivrot poli et amical, mais un poivrot quand même. Il sortit de sa coquille au bout de quelques verres. Il dansa avec ses deux compagnes en chantant en chœur sur les vieux tubes que hurlait le juke-box — les Beatles, les Stones, Dylan. C'était un pochetron des plus agréables.

— Mon Dieu, c'est génial de te revoir. Tu m'as manqué, lui confia Christine. Tu devrais venir t'installer ici.

— Sûr, sourit Evelyn. Et que diable veux-tu que je fasse ici ?

— Tu pourrais te mettre à l'artisanat.

— Non, je te remercie, mais pas tout de suite.

— Et qu'est-ce que tu entends par *pas tout de suite* ?

Elles éclatèrent de rire. Alors, à l'autre bout de la salle, Evelyn l'aperçut à nouveau : l'homme du marché. Il lui sourit et rejeta les cheveux en arrière, radieux. Elle l'avait bel et bien déjà vu ! Cette manière de rejeter les cheveux en arrière, cet air illuminé. C'était l'homme qui lui avait demandé du feu ! Il avait quelque peu changé, mais elle n'avait pas l'ombre d'un doute. C'était lui. Il avait l'air exalté de l'adepte d'une secte. Comme s'il venait de découvrir le sens de la vie. Il continua à la fixer, amusé. Evelyn se sentit mal à l'aise. Elle se retourna vers sa table, son humeur avait changé du tout au tout.

— Ne regarde pas tout de suite, mais il y a un type louche qui me sourit. Je l'ai déjà vu à Sydney. Il a essayé de me brancher. C'était un soir, dans une rue déserte. Il m'avait foutu une de ces frousses.

Paul chantonnait absorbé par un titre des Beatles, et n'écoutait pas leur conversation.

— Où çà ? demanda Christine.

— Près de la grosse plante sur le balcon. Ne regarde pas !

— Qu'est-ce que tu veux faire ? demanda Christine, affectant un air détaché.

— Partons.

Christine prit le bras de Paul, pour lui indiquer qu'elle et Evelyn étaient prêtes à partir. Il eut d'abord l'air déçu, mais après une brève explication, il opina, se leva et continua à chantonner tandis qu'ils zigzaguaient au milieu des tables serrées en direction de la sortie.

L'homme au balcon descendit son verre, attrapa sa compagne par le bras et, après une courte conversation, ils disparurent eux aussi dans la nuit.

— Que se passe-t-il au juste ? demanda Paul, se redressant alors qu'ils sortaient la voiture du parking.

Evelyn raconta tout.

— J'ai l'impression d'avoir repéré un malade qui avait essayé de m'aborder un soir à Sydney. Je l'ai revu aujourd'hui au marché, et à nouveau au pub ce soir. Il n'arrête pas de me sourire. Je n'y comprends rien. Il est vraiment bizarre.

En engageant la voiture dans l'allée de la maison, Christine éteignit les phares. Elle se retourna frénétiquement pour regarder derrière elle.

— Qu'est-ce qui se passe ? s'inquiéta Paul.

— Il nous a suivis, répondit Christine. C'est bon. Marchons doucement vers la maison et appelons la police.

Ils rentrèrent. Sans allumer les lumières, Paul parvint à trouver le téléphone et à composer le numéro de la police.

Une voiture avançait doucement au bout de l'allée. Elle éteignit ses phares, les ralluma, puis les réteignit et les ralluma. La vitre du conducteur était baissée. Une voix d'homme s'écria :

— Evelyn !

Evelyn encaissa le coup. Il connaissait son

nom. Elle se mit à trembler et s'assit par terre, en proie à la plus grande confusion.

— Evelyn !

Il l'appela à nouveau, d'un ton mélodieux. De toute évidence, il était fin saoul. Puis dans un crissement de pneus, il fit demi-tour dans l'allée et le vieux V8 ronronna alors que la voiture s'éloignait.

Les trois amis se serrèrent les uns contre les autres dans la maison sombre en attendant la police.

Lisa lut le message sur le post-it jaune accroché sur l'écran de son ordinateur : rappeler le docteur Nick Kanoulanos, avec un numéro derrière. Le message ne précisait pas à quel sujet ce médecin souhaitait être rappelé. Elle composa le numéro interurbain.

— Allô, pourrais-je parler au docteur Kanoulanos, s'il vous plaît ? Oui, j'attends… L'inspecteur Lisa Fuller de la Brigade Criminelle de Sydney.

De toute évidence, la standardiste avait été prévenue de l'éventualité d'un appel de sa part. Elle la transféra immédiatement.

— Allô. Merci de me rappeler aussi vite.

Il parlait rapidement, par petites syllabes saccadées.

— Ça fait partie de notre métier, docteur. En quoi puis-je vous être utile ?

— Je pense que c'est moi qui suis peut-être en mesure de vous aider.

Il éclata de rire à ce trait d'esprit et poursuivit :

— C'est en rapport avec les meurtres de femmes aborigènes. En fin d'année dernière, j'ai soigné une jeune Aborigène de notre petite ville.

— Où vous trouvez-vous exactement, docteur ? demanda Lisa en gribouillant un bloc-notes.

— Weipa, à la pointe nord-ouest du littoral du Queensland. Nous sommes à l'opposé de Cairns, de l'autre côté de la péninsule du cap York. Cette jeune femme s'appelle Alice Meriga. Ses parents l'ont amenée aux urgences et elle avait été victime d'une très vilaine blessure à la tête. Elle avait été violée par un Blanc, qui lui avait tiré une balle dans la tête avant de la laisser pour morte. Elle habitait Sydney à l'époque, mais avait refusé d'être hospitalisée et ses parents étaient parvenus à la faire rapatrier. C'est un miracle qu'elle soit encore en vie.

Lisa se raidit et une bouffée de chaleur l'envahit. Un témoin oculaire vivant ! Nous avons retrouvé ta trace, salopard, pensa-t-elle.

— Nous t'aurons, murmura-t-elle.

— Je vous demande pardon ?

— Rien, docteur. Est-ce qu'Alice se trouve toujours à Weipa ?

— Non. Elle rend visite à de la famille près d'ici, mais rentre demain.

— Bien. C'est excellent ! Je vous en prie, pouvez-vous vous assurer qu'elle restera bien à Weipa. Nous allons venir. Et merci… merci mille fois de votre appel.

Gary était agenouillé devant un placard à archives lorsque Lisa poussa un cri de joie. Son visage s'éclaira et il accourut, impatient d'apprendre la raison de cette explosion inattendue.

Le petit avion était plein à ras bord. Des douze passagers, huit étaient des gens de couleur originaires de Weipa : des Aborigènes Jirjorond. En comparaison, les Blancs présents étaient extrêmement blancs. Un couple de Blancs particulièrement sympathique expliqua à Gary qu'il partait s'installer à Weipa pour refaire leur vie. Le mari venait d'y trouver un emploi de boulanger. Sa femme était ravie de pouvoir consacrer du temps à leur tout jeune bébé. John, un Jirjorond du coin, confia à Lisa qu'il travaillait à Weipa comme guide pour touristes. Il les emmenait dans le bush et leur enseignait les techniques de survie aborigènes, la chasse traditionnelle et la cueillette.

Lisa était un peu inquiète de ce qu'ils allaient trouver. Elle avait entendu parler de crocodiles, de chaleur, d'humidité et bien sûr de l'omniprésence de la compagnie multinationale d'extraction de bauxite. Mais toutes ces vagues bribes d'information n'avaient plus grande signification lorsque le petit appareil entama son approche de la minuscule piste d'atterrissage en dessous d'eux.

Alors que l'avion allait s'aligner à hauteur du bout de la piste, ils aperçurent des feux qui ondulaient à l'autre extrémité, plus au sud. Lisa se demanda s'ils avaient été allumés dans le cadre d'une cérémonie aborigène rituelle de régénération. La luxuriante végétation apparaissait au travers d'un rideau de fumée bleue et formait une étonnante barrière avec en arrière-plan les eaux chaudes et verdâtres du Golfe de Carpentaria.

Albatross Bay se trouvait juste en dessous. Lisa repéra le fameux Duyfken Point, que le Hollandais Willem Jansz avait baptisé du nom de son navire. Il avait établi là son camp cent soixante-quatre ans avant que les Britanniques « découvrent » l'Australie.

L'avion descendit d'une traite, se laissant tomber lourdement sur la piste de gravier rouge. Le terminal était constitué d'un simple toit, comme un grand abri de voiture, avec un petit jardin autour. Le village de Weipa se trouvait droit devant. La petite localité abritait un demi-millier de personnes.

Tandis que Gary et Lisa récupéraient leurs bagages, un jeune homme noir les aborda et se présenta d'une voix sourde. Il commença par dire qu'il se prénommait Marcus, puis Michael et enfin Mitchell. Un peu interloqués, Gary et Lisa découvrirent par la suite que le jeune homme avait des parents nommés Marcus et Michael qui venaient de mourir. Et la tradition imposait qu'en signe de respect, il prît leur nom pendant une courte période de deuil.

Mitchell expliqua qu'il avait pour mission de les conduire au centre médical. Les senteurs frappantes de plantes tropicales planaient dans l'air alors qu'ils longeaient une rangée de maisons, le terrain de football et contournaient un bosquet d'arbres tropicaux, jusqu'à un petit ensemble de bâtiments d'allure semi-officielle. Mitchell signala leur arrivée d'un coup de klaxon alors que le 4 × 4 diesel de service stoppait sur un terre-plein de gravier. Personne n'apparut. Le klaxon de Mitchell devait faire partir des bruits familiers de la petite ville.

De la musique s'élevait de la salle des fêtes du village et traversait la pelouse du stade. Un orchestre local répétait. Mitchell expliqua qu'une petite fête était donnée le soir-même en l'honneur de l'équipe de football : c'était l'occasion d'effectuer une petite collecte pour permettre aux couleurs locales de briller cette saison dans l'espoir de décrocher la coupe annuelle à Cairns.

Le docteur Kanoulanos sortit de ses quartiers et souhaita la bienvenue aux policiers fourbus.

— Bienvenue à Weipa. Appelez-moi Nick, annonça-t-il, guilleret.

C'était un homme de grande taille aux cheveux noirs, barrés de tempes particulièrement grisonnantes. Sa chemise de batiste, à col ouvert, laissait une abondante toison déborder de son poitrail. Son jean étroit épousait clairement la forme de ses fesses, moulant étroitement ses parties généreuses. Nick était né en Grèce et était venu s'installer en Australie avec ses parents dans les années 50. Il avait effectué l'essentiel de ses études ici.

— Merci, répondit Gary. Je suis Gary Leslie et voici ma coéquipière, Lisa Fuller.

Ils échangèrent des poignées de mains et des sourires alors que le docteur les faisait entrer.

— Venez, allons dans mon bureau, il y a la clim…

Un soupir de soulagement partagé jaillit pour seule réponse.

Ils traversèrent une salle d'attente jonchée de tout le bazar habituel, piles de journaux, magazines et jouets. De la poussière rouge recouvrait tout. Le cabinet proprement dit était un peu mieux aménagé : les piles de paperasse semblaient un tantinet mieux organisées. Nick tendit deux chaises à ses visiteurs.

— Je me suis arrangé pour que vous soyez logés chez notre institutrice, Marie Stephens. Nous n'avons qu'une petite école ici, voyez-vous ? Vous savez, une école à l'ancienne. Marie fait la classe à toutes les catégories d'âge.

— C'est parfait, docteur, merci, répliqua Lisa en s'asseyant.

— Appelez-moi Nick, je vous en prie, insista-t-il.

— Okay.

Lisa sourit. Il lui était sympathique.

— Nous irons voir Marie dans un petit moment, ajouta-t-il après quelques échanges d'amabilités.

— Et Alice ? demanda Cary, allant droit au but.

— Oui… et Alice, bien sûr. Elle vous attend.

— Nous avons fait un long trajet. Nous sommes partis à sept heures ce matin.

Lisa essayait de détendre l'atmosphère.

— Ah oui ? Et quelle heure est-il à présent ? Quatre heures… Oui, ça fait une longue journée, c'est sûr.

Il lui adressa un large sourire en la fixant droit dans les yeux.

— Vous voulez une boisson fraîche ? demanda Nick.

Docteur, vous me faites du charme, pensa Lisa. Mais ça lui plaisait plutôt.

— Ce serait pas de refus.

Lisa éclata de rire, bientôt imitée par Gary.

CHAPITRE 23

Danny Renaldo était assis dans un fauteuil roulant à côté de Jeanne, une assistante du Centre de soin et d'auto-guérison. Danny était de moins en moins bavard ces temps-ci, mais cela ne rebutait pas Jeanne, qui parlait pour deux.

Jeanne était une femme forte d'une petite quarantaine avec une énorme poitrine. Ses cheveux bruns et raides étaient coupés court, à la page. Elle portait des bermudas et un sweat. Aucun uniforme n'était autorisé au centre. Tout concourait à minimiser l'impression qu'on se trouvait dans un hôpital, dans une clinique.

— On devrait rester et regarder le soleil se coucher. Qu'en penses-tu, Danny ? demanda Jeanne, tournant la tête pour le regarder dans les yeux. Il n'y eut pas de réponse, aussi décida-t-elle à sa place.

— Enfin, moi je crois qu'on devrait.

Danny ressentait le désespoir de la solitude. Il avait rompu tous les ponts avec sa famille lorsqu'il avait appris sa séropositivité. Ses parents étaient divorcés. Il avait perdu contact avec son père — parti avec une femme plus jeune —, mais sa mère lui écrivait environ deux fois par mois et il lui répondait, même si ce n'était qu'une carte. Lorsque le diagnostic lui était parvenu, il avait décidé de renvoyer ses lettres avec la mention « n'habite pas à l'adresse indiquée », pensant ainsi l'épargner.

Le soleil troqua son étincelante blancheur contre une sphère orangée avant de disparaître derrière les sommets. Danny Renaldo s'affaissa dans son fauteuil roulant. Mort. Il avait vingt-quatre ans.

La chaleur et l'humidité tropicales étaient étouffantes. Gary, Lisa et Nick cheminaient le long de la route de terre battue ocre.

Vêtus de simples shorts et pieds nus, des enfants couraient dans leur direction.

— Pas maintenant, les enfants. Mais venez ce soir à la salle des fêtes, OK ? lançait le médecin, jovial. OK ?

Les enfants disparurent.

Nick se tourna vers ses deux hôtes.

— Il y a une petite fête ce soir à notre cantine à l'issue de laquelle nous avons organisé un barbecue de barramundi en votre honneur. Il fera beaucoup plus frais à cette heure-là.

Il se détendit enfin. Il s'autorisa un long soupir de soulagement comme s'il était resté trop longtemps sur son quant-à-soi.

— Gary, si vous le souhaitez, on pourra aller nager plus tard, lança-t-il en esquissant un direct viril en direction de l'épaule du policier.

— Avec joie. Je relève le défi, répliqua Gary. Il était sérieux, ce n'était pas que de la politesse. Lisa leva les yeux.

— Je suis désolé, Lisa. Mais ici les hommes vont tous se baigner dans un endroit strictement interdit aux femmes. Je suis sûr qu'il y a un coin équivalent pour les femmes, mais très honnêtement, je ne sais pas où il se trouve. Les hommes ne doivent pas savoir. Tout ce que je sais, c'est que les femmes descendent plus au sud.

Toutes les maisons de la petite localité étaient construites en parpaings bon marché. Les toitures étaient en tôle ondulée. Aucune n'avait vu la moindre couche de peinture depuis des années. Elles servaient exclusivement à dormir. Les gens d'ici préféraient faire la cuisine, manger et vivre en plein air. Chacun avait son arbre préféré sous lequel se retrouver pendant la journée. Ils passèrent devant un groupe agité de femmes en grande discussion sous un de ces arbres : on jouait aux cartes. Ils ralentirent leur marche devant une maison en partie recouverte de vigne vierge. Le bungalow de trois pièces était niché au cœur d'un enchevêtrement d'arbustes tropicaux avec de plus grands arbres au fond.

— Nous y voilà, annonça Nick.

Il appela.

— Holà, y a quelqu'un ? C'est moi, le docteur Nick.

Un couple d'âge moyen était assis sur la véranda. Ils se levèrent, lancèrent un regard furtif aux étrangers avant de baisser timidement les yeux.

— Bonjour Luke, Mary. Voici les gens dont je

vous ai parlé. Ils sont venus de Sydney pour parler à Alice. Voici Gary et cette jeune dame est Lisa.

Gary opina et sourit.

— Bonjour. Comment allez-vous ? demanda Lisa d'une voix chaleureuse. Il fait chaud chez vous !

— Oui, ça c'est sûr, on a de la chaleur par ici, répondit Luke.

Il s'interrompit puis partit d'un petit rire nerveux.

— Alice est là ? interrogea Nick.

— Oui, elle est là. Alice ! cria Mary.

Un air de détresse parcourut son visage alors que sa fille unique faisait son apparition de derrière la maison.

Quelques minutes plus tard, Lisa était parvenue à obtenir de la jeune fille qu'elle leur parle en privé. Assis à l'ombre d'un arbre près de la maison, ils expliquèrent qu'ils recherchaient son agresseur et avaient désespérément besoin de son aide. Alice était assise les mains crispées sur ses genoux. Elle avait de longs cheveux bruns frisés qui tombaient jusqu'aux épaules, une peau très sombre, un nez pointu et un long visage ovale avec des dents blanches qui brillaient lorsqu'elle souriait.

Lisa sortit un magnéto de son sac, l'enclencha et plaça un micro devant eux.

— Alice, je sais que ça ne va pas être agréable, mais essayez de vous rappeler le moment où cet homme vous a attaquée, dit-elle doucement.

— C'était un homme ordinaire… commença Alice, mais elle s'interrompit, décontenancée.

— Commencez par le commencement, comme une histoire… étape par étape jusqu'à ce que vous arriviez à la fin, l'encouragea Gary, gentiment.

Alice prit une profonde respiration.

— D'accord. Tous les jours, je quittais mon appartement avec mon amie Renée. Nous partagions un deux-pièces au-dessus d'une boutique à Newtown. Nous marchions ensemble jusqu'à l'arrêt de bus au coin de la rue et moi, je continuais jusqu'à la gare pour prendre le train. Cet homme prenait souvent le même train. En tout cas, je l'avais déjà vu. Il me souriait toujours et disait bonjour. Je pensais qu'il essayait seulement d'être aimable. Et j'étais aimable moi aussi. On s'est assis à côté deux, trois fois, s'il y avait de la place, mais la plupart du temps, on restait debout.

— Vous a-t-il dit son nom ? demanda Lisa, pleine d'espoir.

— Oui, Peter.

— Et un nom de famille ? intervint Gary.

— Pas de nom de famille, seulement Peter.

— Continuez, la pressa Lisa.

— Quoi qu'il en soit, un jour il m'a demandé si je voulais sortir avec lui le soir même. Il était d'abord agréable et j'ai dit oui. Il m'a emmenée au restaurant dans Chinatown et puis on est allés voir un film près de la mairie. Il était vraiment gentil avec moi. Il aimait le contact, vous voyez, passer son bras autour de moi, me tenir par la taille pour me laisser passer dans la foule, ce genre de choses. Après le film, il a suggéré que nous rentrions chez moi à pied. Ça faisait une assez longue marche, mais je trouvais que ça serait sympa. La nuit était chaude. Il y avait plein de gens dehors.

— Vous souvenez-vous du restaurant où vous êtes allés ? demanda Lisa.

— Oui. C'était le Golden Dragon, dans la galerie marchande de Dixon Street.

— Vous souvenez-vous du film, du cinéma ? enchaîna Lisa, ne voulant négliger aucun détail.

— Mmmm. C'était un film australien. *Man Tracks* ! Oui, c'est ça. *Man Tracks*.

Elle sourit, tout heureuse de se souvenir.

— C'est bien, Alice. Reprenons au moment où vous rentrez à la maison, la relança Gary.

— On a descendu George Street en direction de Broadway. Il m'a demandé si je voulais un verre. J'ai dit d'accord, mais seulement s'il en voulait un aussi. Nous sommes allés dans un pub bondé, le Sportsmen's Hotel, je crois. On a fini par boire pas mal de verres. Beaucoup de gens nous regardaient, vous voyez le genre, je suis noire et lui était blanc. J'étais un peu saoule et lui aussi. Quand nous sommes sortis, je me souviens que je ne voulais plus marcher, mais lui a insisté. Il a dit que ce n'était pas très loin du pub. Mais il mentait.

Elle marqua une nouvelle pause.

— Prenez votre temps, nous avons toute la journée devant nous, dit Gary.

— Et même demain si vous préférez, plaisanta Lisa, essayant de faire retomber la tension.

— Eh bien, nous sommes arrivés au parc près

de l'université et il a dit que ce serait romantique de s'asseoir là et de regarder les lumières de la ville dans le lointain. C'est ce qu'on a fait. On a fini près du portail de l'université, dans un coin un peu isolé. Personne ne pouvait nous voir ou nous entendre. Je suppose que c'est ce que nous souhaitions lui et moi. Et puis il a commencé.

Elle gigota.

— Tout va bien. Allez-y lentement, dit Lisa.

— On s'est assis sur l'herbe. Il m'a embrassé, des baisers violents. Ça m'a surpris. Il avait été très doux et tendre jusque-là. Il s'est comme énervé contre moi. Je lui ai dit d'arrêter, que je voulais rentrer. Il m'a renversée et s'est mis sur moi, entre mes jambes. Il a continué à m'embrasser et à se frotter à moi. Et alors il a sorti une arme.

Elle s'arrêta un instant, et Lisa lui tendit la main. Ils attendirent patiemment. Alice prit la main tendue de Lisa et reprit son récit.

— Il m'a dit d'enlever tous mes habits ou qu'alors, il me tuerait. Il m'a dit que c'était un vrai pistolet et il a commencé à m'injurier. Il s'est mis dans une colère noire et n'arrêtait pas de crier. Il m'a forcé à lui faire des choses avant de me mettre… son pénis. Quand il a fini, il est simplement resté sur moi. Il maintenait le pistolet sur ma tempe, près de l'oreille. Puis il m'a forcé à sucer le pistolet. Il a bandé à nouveau et cette fois il m'a fait passer par-dessus et m'a levée sur mes genoux et me l'a enfoncé dans… les fesses. Quand il a joui, il m'a dit qu'il allait me tuer, de toute façon.

Elle s'arrêta, déglutit, et continua.

— Alors c'est ce qu'il a fait. Il a placé le pistolet derrière ma tête et il a appuyé sur la détente. Je me suis réveillée au sol des heures plus tard. Je n'arrivais pas à croire que j'étais encore en vie. J'étais si soulagée.

— Est-ce que vous vous rappelez un détail inhabituel à son propos ? Il boite ? Il a des cicatrices, des tatouages ? Un accent, un bégaiement, quoi que ce soit… demanda Gary.

— Non. Rien. C'était un garçon d'apparence très ordinaire.

— Il vous a dit où il habitait ? Où il était allé à l'école ?

— Non, mais il m'a dit qu'il avait vécu dans le bush quelque temps dans son adolescence. Mais il n'a pas dit où.

— Qu'avez-vous fait après qu'il a tiré ? demanda Lisa.

Alice s'était mise à pleurer à chaudes larmes.

— J'ai rampé jusqu'à la maison la plus proche et ils ont appelé une ambulance.

Elle s'effondra comme un fétu de paille, incapable d'aller plus loin.

Lisa se déplaça et s'assit à côté d'elle, elle passa ses deux bras autour d'elle et la serra fort. Gary arrêta le magnéto.

Plus tard, le docteur leur expliqua :

— La balle est entrée derrière l'oreille et est sortie sous la mâchoire de l'autre côté. Elle a eu beaucoup de chance et beaucoup de courage.

La grosse chaleur passée, Nick conduisit Gary au coin où les hommes allaient nager, avec Mitchell et cinq membres de l'équipe de football. Ils se tassèrent à l'arrière d'un pick-up japonais.

Une fois arrivé sur les lieux, Gary demanda par acquit de conscience si la mare d'eau douce n'était pas fréquentée par les crocodiles. Tous éclatèrent de rire, se déshabillèrent et plongèrent. La preuve par l'exemple, pensa Gary, et il suivit le mouvement. C'était un décor de carte postale — les feuilles des palmiers se balançaient au-dessus de leurs têtes et la rivière s'élargissait pour former un vaste billabong[1] au bord duquel se pavanaient des brolgas[2]. Des nénuphars fleurissaient et ridaient l'eau de leurs larges feuilles.

Leurs ébats terminés et le souffle retrouvé, certains des Jirjoronds ramassèrent de gros blocs d'argile sur les rives de la mare et se mirent à s'en badigeonner le corps. L'un d'entre eux demanda à Gary de venir se joindre à eux et il ne se sentit pas de refuser. Avec un enthousiasme communicatif, le jeune homme prit Gary par le bras et entreprit de peindre son corps nu d'argile blanche, jaune et rouge. Nick regardait Gary et souriait en se prenant à son tour au jeu. Par la suite, lorsqu'ils eurent repris des forces, ils retournèrent tous se plonger dans l'eau rafraîchissante. Les œuvres d'art éphémères peintes sur leurs corps furent bientôt emportées par les flots. La forêt tropicale résonnait de leurs cris et de leurs rires.

Nick contempla soudain Gary d'un air grave et

1. Marigot.
2. Grues australiennes.

lui confia que Salty, le vieux crocodile d'eau salée, leur avait rendu visite deux jours plus tôt. Il s'était contenté d'emporter un jeune chiot joueur qui s'était imprudemment aventuré dans l'eau verte de l'océan. Gary prit un air soucieux, mais Nick continua, une lueur malicieuse au fond de l'œil, expliquant qu'un des hommes avait abattu un mâle monstrueux deux mois auparavant.

En fin d'après-midi, Nick montra à Gary les superbes œuvres d'art réalisées par les populations de l'intérieur des terres, qui avaient fait la renommée internationale du Queensland.

Quand ils rentrèrent au village, Lisa était là, ses cheveux encore mouillés. Elle était allée nager elle aussi, mais se garda bien de dire quoi que ce soit à Gary à propos de son expérience.

— Peut-être qu'un jour prochain, je t'en parlerai, mais pas maintenant. C'est à moi et c'est un moment que je ne partage avec personne, dit-elle.

Il était presque obligatoire pour tout le monde à Weipa d'assister à la reprise de l'équipe de football à la salle des fêtes, et le demi-millier de Jirjoronds et la totalité du contingent d'Européens, composé de huit personnes, étaient présents. L'orchestre jouait déjà fort, du country and western, mais se réservait de mettre toute la gomme pour les morceaux rock and roll de leur répertoire.

Nick présenta les policiers de Sydney à l'institutrice locale, Marie, qui leur demanda de lui faire savoir quand ils désiraient rentrer. C'était une petite blonde, la trentaine, célibataire et très attachante. À la fin de la deuxième de ses trois années d'affectation, elle avait fait savoir qu'elle entendait bien aller au bout de son contrat. Elle adorait la vie à Weipa. Ils échangèrent des plaisanteries, où la pratique de la natation au milieu des crocodiles tint la vedette.

Des regards curieux suivaient Gary et Lisa partout et une ovation se déclencha lorsqu'ils gagnèrent la piste de danse. Ils dansèrent, un peu embarrassés par les regards, tandis que la soirée se prolongeait dans l'air moite.

Bien plus tard, à la fraîche, un certain nombre de convives suivirent le docteur jusqu'à chez lui pour le fameux barbecue de barramundi. Y assistaient les anciens et une poignée de joueurs du club avec leurs compagnes.

— Vous devez rencontrer des cas médicaux étranges et intéressants par ici, demanda candidement Gary, posté derrière Nick, qui préparait l'énorme poisson sur le grill.

— Oui, en effet. Le je-m'en-foutisme médical est le principal problème. Il y a des cas que je préférerais oublier, dit-il.

— Par exemple ? insista Gary.

Le médecin hésita avant de répondre.

— Sur la côte nord-est du Queensland, j'ai été appelé chez un Aborigène qui avait une pneumonie. Il m'a dit qu'il était allé à l'hôpital local le soir précédent. Le personnel l'avait laissé assis dans la salle d'attente pendant des heures, pensant qu'il était ivre. Il les a suppliés de l'aider toute la nuit. Finalement, il a renoncé et est parvenu par miracle à rentrer chez lui se coucher. Quelqu'un m'a appelé et je l'ai trouvé là le lendemain matin. J'ai appelé une ambulance. Quand elle est arrivée, j'ai demandé au chauffeur d'emmener le patient à l'hôpital et de s'assurer qu'il serait pris en charge rapidement. Le chauffeur m'a dit qu'il n'était pas habilité à faire ça.

Nick s'interrompit pour arroser le poisson, dont la peau brunissait.

— Je lui ai dit qu'il était tout à fait en mesure de le faire, en raison de sa formation et de son statut. Je lui ai dit que s'il ne pouvait obtenir une prise en charge, il devait m'en faire part immédiatement. C'est seulement alors qu'on a fini par s'occuper de cet homme. Il a de la chance de ne pas être mort.

— C'est dégueulasse, déclara Gary, furieux.

— Je sais. Mais tu vois, quand un patient aborigène est malade, les trois quarts du temps, on pense qu'il est saoul. Le coma diabétique est un exemple classique. Le diabète est très répandu chez les Aborigènes et un diagnostic adapté est essentiel.

— Et comment tu fais pour supporter ça ?

— Ça ne s'arrange pas. Je me souviens de mes débuts quand j'ai commencé à soigner des patients aborigènes. C'était à Collarenebri dans les années 50 et 60, à une époque où l'un des policiers du coin était désigné « garde des écrous ». Son salaire dépendait du nombre de prisonniers qu'il avait en cellule.

— OK, j'ai compris… l'interrompit Gary.

— Tu as compris, oui. Ils faisaient des descentes dans les camps aborigènes et arrêtaient tout ce qui bougeait, saoul ou pas. Ils les inculpaient tous pour ivresse ou troubles sur la voie publique. Un soir, les geôles étaient particulièrement désertes. Ils lancèrent une descente et l'un de ceux qui furent arrêtés était un type qui ne buvait jamais. Il fut réveillé de force et embarqué. Plus tard, en cellule, il se plaignit de douleur dans la poitrine. Il a hurlé, souffrant le martyre, pendant des heures, mais personne ne s'intéressa à son cas. Résultat, le matin, il était mort.

— Mon Dieu.

— Attends, c'est pas fini. On m'a appelé pour pratiquer une autopsie. Mes conclusions étaient claires : une occlusion de l'artère coronarienne qui était là depuis un petit moment. On la voyait presque à l'œil nu sur le muscle cardiaque. Pas trace d'alcool dans son estomac. Il ne pouvait en aucun cas avoir été saoul. C'est ce que j'ai écrit dans mon rapport. Le chef de la police locale a fait plus de cent cinquante kilomètres depuis Moree pour me demander de réétudier la question. Il voulait que je corrige mon rapport et que je dise que je m'étais trompé et que cet Aborigène avait, après tout, bien de l'alcool dans l'estomac.

— Et alors ?

— J'ai refusé. C'est alors qu'il m'a dit qu'il pouvait me rendre la vie très difficile là-bas.

— Quoi ? Et qu'est-ce que tu as fait ?

— Je l'ai jeté dehors. Par la suite, au cours de l'enquête, j'ai présenté mon rapport tel quel. Mais personne ne posa de questions particulières et aucune poursuite ne fut engagée contre quiconque.

Ils se turent.

Deux heures plus tard, la chair de poisson grillée balayée par des litres de vin blanc, le poids d'une longue journée s'abattit sur les épaules de Lisa et de Gary. Lorsque Nick constata qu'ils ne participaient plus guère à la conversation, il suggéra qu'il était peut-être l'heure de battre en retraite. Ils allèrent se coucher sans bruit, en utilisant un chemin bien aménagé qui partait du jardin de Nick et conduisait directement à la maison de Marie.

Le lendemain matin à l'aube, Lisa et Gary empruntaient le même avion que les vingt joueurs de l'équipe de football, un vol DC3 de Cape Air à destination de Cairns, où ils changeraient pour un vol sans escale pour Sydney.

Ils s'étonnèrent qu'en dépit de la présence de deux policiers de l'État du Queensland à Weipa, ils ne les eussent aperçus que de loin. Aucun des deux n'avait jamais signalé la terrible épreuve vécue par Alice, qui était pourtant le grand sujet de discussion dans le village.

Gary avait treize ans lorsque son père était mort. Ce fut extrêmement soudain, un arrêt cardiaque. Charpentier de son métier, il travaillait avec un autre homme en haut de la structure d'une maison, à installer des armatures pour le toit lorsque c'était arrivé. Il était tombé à la renverse sur le plancher de bois cinq mètres plus bas. Sa chute avait fait des dégâts — il y avait du sang partout —, mais il était mort avant de tomber, d'après le médecin.

Aux obsèques, Gary n'avait pas desserré les dents. Il s'était forcé à ne pas pleurer. Mais les larmes avaient jailli de ses yeux en dépit de ses résolutions. Il pensait aux souvenirs que son père lui avait laissés.

Lorsqu'il était tout jeune, il l'avait inscrit au Club des jeunes de la police de Newtown. La boxe était la passion de son père. Son visage était le masque d'un combattant aguerri. Avec une carrière de vingt-huit combats pour vingt-quatre victoires, un nul et trois défaites, il avait été un poids moyen d'assez bon niveau. Il avait failli remporter un titre de champion professionnel de l'État, mais il préférait l'ambiance des combats improvisés sous chapiteau. Il avait parcouru toutes les Nouvelles-Galles du Sud et avait participé à près de deux cents combats sous tente. Dans une ambiance de foire, on le faisait combattre des poids lourds piochés dans le public. La bastonnade d'Aborigène était un sport très en vogue dans les campagnes reculées et les racistes payaient bien pour voir un « abo » prendre une raclée. Peu importait que les adversaires ne tirent pas dans la même catégorie de poids. Son père avait décidé que Gary serait boxeur, lui aussi.

Le soir de son premier combat, alors que Gary n'avait que six ans, son père était si nerveux qu'il avait laissé la chaudière à gaz allumée. Toute la famille avait été obligée d'aller le voir combattre

— le père avait insisté — et la maison était vide. À l'intérieur de la salle, les gens s'étaient précipités sur les meilleures places. L'attente avant son combat avait été interminable, mais Gary s'était laissé prendre par cette atmosphère de compétition. Il était à la fois excité et un peu effrayé. Lorsque le speaker annonça son combat, tout sembla tourner au ralenti. Il voyait tout avec une acuité nouvelle, les yeux grands ouverts.

Son père était dans son coin. Le gong sonna et il le poussa sur le ring.

— Tu te souviens ce que je t'ai dit, mon gars… Maintenant, vas-y ! rugissait-il.

La salle était en délire. Gary la parcourut des yeux. Une brume de fumée s'élevait des bancs bondés. Les visages se dressaient et se tournaient pour mieux voir. Le garçon en face avait un air mauvais lorsqu'ils s'approchèrent l'un de l'autre. Sous ses pieds, le tapis était glissant. L'arbitre les mit en garde contre les coups bas et le gong retentit une nouvelle fois.

Gary sortit de son coin en sautillant, comme on le lui avait appris, utilisant le ring. Son adversaire le poursuivait en balançant des coups désordonnés, d'amples crochets, des directs des deux bras. Gary s'arrêta et reprit sa danse dans l'autre sens. Il entendait les cris de son père. Tout au coin de son champ de vision, il voyait son père penché sous la corde la plus basse, en train de marteler le sol de ses poings fermés.

— Ne cours pas, bats-toi ! gueulait-il. Bats-toi !

Un coup chanceux fit mouche, Gary tomba au sol. Alors qu'il secouait la tête, du sang jaillit de son nez et vint couler sur sa joue. Il aperçut son père qui riait. Il n'en croyait pas ses yeux. Il riait ! Il bondit sur ses pieds alors que l'arbitre comptait trois et se jeta sur son adversaire, ivre de revanche. Il commença par asséner des directs du gauche, tordant la joue du type à chaque touche. Des larmes venaient aux yeux de son rival, mais il s'en fichait. Son père s'était moqué de lui ! Les gauches s'enchaînaient, la tête du garçon partait en arrière et ses longs cheveux blonds accentuaient le mouvement. En un rien de temps, l'arbitre s'interposa et arrêta le combat. Gary tourna les yeux vers son père, proche de l'apoplexie. Sa mère avait l'air soucieuse et ses frères et sœurs poussaient des cris de joie. Il avait gagné.

Même si la matinée était sans nuages le jour de l'enterrement de son père, le soleil hivernal se fondait dans le ciel gris et il faisait froid lorsqu'ils arrivèrent au cimetière. Les gens pleuraient sans retenue, hommes et femmes. La pluie commença par une petite rincée, mais après dix minutes elle tombait à flots. Le service funèbre se poursuivit. Le prêtre n'entendait pas se laissait impressionner par le temps.

Son père était allé assister au dernier combat de Gary une dizaine de jours auparavant. Il ne riait plus désormais, il avait arrêté de le chambrer depuis son neuvième anniversaire. Il s'était rendu compte à quel point le sport comptait pour son fils.

Les dernières années, seul son père assistait à ses combats. La semaine dernière, il l'avait emmené au match dans la nouvelle voiture familiale. Gary était remonté à bloc. S'il gagnait, il serait qualifié pour les éliminatoires du championnat de l'État la saison prochaine.

Son père était dans son coin. Au son de la cloche, il le poussa sur le ring.

— Souviens-toi de ce que j'ai dit. Vas-y, fais-le !

C'est ce qu'il disait à chaque fois.

Ce fut un combat dur. Pendant les deux premières reprises, Gary se contenta de sautiller et de placer des jabs. Son adversaire, un Italien de Leichhardt, n'arrêtait pas d'avancer sur lui. Il était rapide des deux bras. Gary décida de le provoquer en vitesse au centre du tapis. Ils échangèrent des coups brefs et rapides. Gary parvint à combiner et à placer un uppercut au travers de l'écran brouillé de bras et de poings, et il toucha. L'Italien tomba lourdement sur le dos, sonné, et ne put continuer. Gary regarda vers son coin. Son père acquiesçait, applaudissant fièrement, les yeux bordés de larmes.

Lorsque le cercueil de son père descendit doucement dans la tombe, Gary comprit que le combat qu'il venait de remporter était le dernier. Il n'avait boxé que pour faire plaisir à son père. La pluie redoubla alors que la cérémonie s'achevait. Le vent balançait de longues gifles de pluie au travers du petit cimetière. Bien après que les gens furent partis en voiture, Gary était resté là, plongé dans ses pensées, essayant de rassembler autant de souvenirs qu'il le pouvait. Il comprit qu'il n'en aurait jamais assez désormais pour l'accompagner toute une vie.

Evelyn ne tarda pas à prendre un billet retour pour Sydney. Elle n'eut aucun scrupule à admettre qu'elle avait peur. La police locale assura à Christine qu'elle garderait l'œil sur l'individu, et qu'elle ferait circuler son signalement immédiatement. Mais Evelyn craignait qu'il ne soit désormais à ses trousses.

Du ciel, les plages s'enchaînaient les unes derrière les autres, à perte de vue, jusqu'à l'horizon embrumé. Le littoral se déroulait sous ses pieds, dessinant de magnifiques formes abstraites qui berçaient ses pensées.

Le taxi ne mit que dix minutes pour la conduire de l'aéroport de Sydney jusque chez elle. Elle s'empara promptement de ses sacs dans le coffre et se pressa à l'intérieur, non sans guetter à droite et à gauche avant de refermer la porte.

Elle alluma toutes les lumières de la maison.

— Il sait où j'habite, dit-elle à voix haute. C'est sûr, il m'a abordé à vingt mètres d'ici. Il connaît mon nom et il sait où j'habite.

Elle décrocha et appela la police locale.

— Allô, j'ai besoin d'aide… Je crois que je suis suivie par un homme.

Cinq minutes plus tard, deux voitures de police s'arrêtaient en crissant des pneus devant chez elle. Les gyrophares continuaient à tourner, diffusant un avertissement à tout agresseur potentiel embusqué, tandis que les policiers s'entretenaient avec Evelyn derrière sa porte. Les voisins surveillaient la scène depuis chez eux, se demandant quel crime avait été commis qui requérait la présence de la police. Certains n'hésitèrent pas à sortir et à venir discuter du cas en robe de chambre et en pantoufles. Une troisième voiture de police tourna dans l'allée et alla se garer derrière les autres. À présent, ses occupants frappaient sans ménagement à sa porte. Elle mit du temps à ouvrir.

— Merci d'être venus aussi vite. Entrez, haleta-t-elle.

CHAPITRE 24

Les rideaux rouges pendus le long de la baie vitrée de la maison de Lisa s'étaient détachés et pendouillaient. Il était trois heures du matin, elle avait travaillé tard. En entrant, elle fut frappée par l'odeur de cigarettes et de bière. Des cartons à pizza et des cannettes de Sydney Bitter étaient éparpillés sur le plancher du salon et des monceaux de mégots débordaient des cendriers.

— Mon Dieu ! s'écria Lisa, décomposée, incapable de contenir son mécontentement.

L'état de la cuisine était encore plus désastreux. Une partie de cartes, pensa-t-elle. Des cartes avaient en effet été jetées de-ci de-là, au gré de l'inspiration avinée d'un des joueurs. Mieux vaut que ce ne soit pas Alby, pensa-t-elle, au comble de la fureur. Les lumières dans la cuisine refusèrent de s'allumer. Un plomb avait dû sauter. Elle se laissa tomber sur une chaise dans la pièce sombre, épuisée, triste et esseulée.

Une sirène résonna dans le lointain alors que Lisa s'installait sur le canapé pour y passer la nuit. Elle ne pouvait supporter Alby quand il organisait ce genre de soirées.

— Ouais, ça va aller comme ça, grommela-t-elle en ramassant la jaquette d'une cassette vidéo porno pour la poser sur la table basse.

Elle se laissa retomber dans le sofa douillet et tira la couverture.

Lisa remuait les hanches. Ses bras et ses seins flottaient comme s'ils étaient dans l'eau. Elle fut soudainement aspirée à nouveau vers le haut, vers un vide immaculé. Une nouvelle fois, elle se retrouva nue dans ce boyau blanc familier.

— Lisa.

La même douce voix l'appelait. C'était la femme noire nue.

— Fais attention.

— Dis-moi qui tu es ? demanda Lisa.

— Je t'en prie, prends garde à toi.

— Tu es ma maman ?

Le niveau de l'eau grimpait rapidement.

— Je ne peux rester.

Une nouvelle fois, la femme marcha dans la direction d'où l'eau s'écoulait et elle disparut dans la pâle lueur blanche. Lisa était terrorisée. L'eau lui arrivait à présent à hauteur des genoux.

— Reviens ! cria-t-elle à la femme. Qui es-tu ? Ma mère ?

Une nouvelle fois, les cloisons autour d'elle commencèrent à ployer sous la pression de l'eau. La toiture se déchira. Au-dessus d'elle, le ciel bleu apparut. Elle escalada la toile et la même assemblée la guettait d'en haut, lui apportant son secours. L'homme roux finit par l'attraper et, avec force, il la tira des flots menaçants.

Des coups lourds frappés à la porte réveillèrent Alby et Lisa. Lisa n'attendait personne et ne voulait pas savoir qui c'était. Alby finit par aller répondre, et prit livraison d'un petit paquet. Et il regagna doucement la chambre.

En rentrant du Queensland, Gary se sentit inspiré, il créa ce qu'il intitula un « mur à idées ». La chose consistait en cinq mètres de panneaux de liège fixés aux murs de la salle de réunion. Gary commença à y épingler des documents à partir du haut à gauche, des photographies des victimes et des lieux, des cartes, des portraits robots, un modus operandi détaillé des meurtres. Lisa ne put retenir un sourire en découvrant l'œuvre de Gary. Toute la brigade vint voir ce qu'il faisait. Les pièces à conviction se succédaient dans l'ordre chronologique. À la fin de la journée, quand il eut fini, tous les panneaux étaient remplis. Il s'assit alors pour contempler son œuvre en compagnie d'une quinzaine de collègues. Il avait créé un outil destiné à favoriser l'éclosion d'hypothèses, les associations d'idées, une ligne de mire. Sur le mur d'en face, il avait déroulé un écran géant qui affichait les photocopies en appuyant sur le bouton approprié. Gary voulait encourager le « brainstorming ». Toutes les pistes étaient affichées sur l'écran blanc, on pouvait imprimer celle que l'on voulait et effectuer les vérifications nécessaires.

Les téléphones dans la vaste salle de travail du commissariat n'avaient jamais été aussi occupés depuis le meurtre de Bondi Beach. Le mur de Gary avait une influence positive. Tout le monde y allait de sa contribution et rajoutait des éléments d'information sur le panneau, effaçant les originaux et les remplaçant.

Les jours passèrent. Le mur vivait sa vie, sa propre existence. Les méthodes d'éveil de la conscience collective que la société aborigène utilisait avec succès depuis des millénaires pour régler ses problèmes avaient finalement rattrapé la haute technologie de la Brigade criminelle de Sydney. De la criminologie par le rêve ? Les enquêteurs passaient des heures assis devant le mur, perdus dans leurs songes. Sans parler, ils se levaient, s'approchaient du tableau, prenaient des notes, faisaient une photocopie, quittaient la pièce. Et puis ils revenaient plus tard pour afficher de nouveaux documents sur le mur. Alors ils s'asseyaient à nouveau, parcouraient les panneaux du regard, rêvassaient, avec l'espoir que la petite lumière blanche allait clignoter à nouveau dans leurs cerveaux.

Lisa emmena son café dans la pièce et s'assit pour regarder le centre du mur. Sa vision périphérique percevait encore les coins extérieurs de la documentation, son cerveau se cala sur les ondes béta, les sons ne lui parvenaient plus. Un point blanc au plus profond de son esprit s'élargissait. Elle se concentra dessus, dirigeant par son intermédiaire des questions qu'il répercutait vers les papiers épinglés sur le tableau. Une petite lumière lui revint en écho. Suis la lumière, lui avait dit sa mère voilà longtemps. Quand cela se passait-il ? Elle ne s'en souvenait pas précisément, mais elle était très jeune. Doucement, elle se concentra à nouveau sur la pièce, sur le temps et le lieu où elle était réellement. Elle s'avança vers l'endroit sur le panneau où la lumière avait jailli et posa le doigt sur les deux feuilles de papier qui avaient attiré son attention : l'une portait sur les premières rencontres entre Peter et la petite Alice de Weipa, l'autre traitait de plaintes déposées par une femme aborigène pour harcèlement. Elle les retira du mur, un sourire aux lèvres.

— Lumière ! s'exclama-t-elle en se précipitant vers son bureau pour faire partager sa trouvaille à Gary. Qu'en penses-tu ?

— Je crois que c'est lui, abonda Gary, cachant à grand-peine son excitation. On va parler à cette brave dame ?

— Je veux !

— Où habite-t-elle ? demanda-t-il en cherchant la réponse sur la feuille.

Il trouva.

— À Redfern. À six ou huit blocs d'ici.

Lisa demanda.

— Elle a le téléphone ?

— Oui, répondit-il, en composant le numéro.

Il y eut une pause.

— Evelyn Bates ? Ici l'inspecteur Leslie. Écoutez, j'aimerais avoir une petite conversation avec vous à propos de l'homme qui vous a suivie. Quelle heure vous conviendrait ? Oui… oui, je l'ai là. Cinq heures ? C'est parfait. Merci.

Il raccrocha.

— Chez elle. Dans une demi-heure. Ça va ? Tu vas pouvoir tenir ?

Il sourit de toutes ses dents.

Lisa lui renvoya le sourire. Elle l'aimait bien, elle aimait travailler avec lui, être à ses côtés. Elle voyait bien que les femmes le regardaient, jeunes et vieilles. La plupart des hommes aborigènes qu'elle connaissait n'avaient pas cet équilibre qu'avait Gary. Il était sûr de lui. Il avait réussi à se tailler une place dans la société moderne. Il était assis bien droit, les épaules tirées en arrière.

— Tu as perdu ta langue ?

— Hein ?

— Ta langue…

— Ah… cinq heures, c'est bon, lâcha-t-elle.

Mon Dieu, pensa-t-elle, il a lu dans mes pensées. Je suis tellement transparente. L'idée l'excita.

À cinq heures précises, Lisa trépignait alors que Gary frappait à la porte d'Evelyn. Sa voix retentit de l'autre côté.

— Qui c'est ? Qui est là ? demanda-t-elle.

— Les inspecteurs Fuller et Leslie, je vous ai parlé au téléphone tout à l'heure. Vous m'avez demandé de venir à cinq heures. Voulez-vous que je glisse mon insigne sous la porte ?

Gary s'adressait directement à l'entrebâillement de la porte.

— Non, c'est bon. Une minute…

Des cliquetis et des glissements métalliques résonnèrent alors qu'Evelyn leur ouvrait et désactivait le système de sécurité. Ils s'assirent et elle raconta tout à Gary et Lisa : la rencontre dans la rue, le marché d'Eumundi, le sourire ambigu du pub d'Eumundi, la filature jusqu'à la maison de Christine et son nom prononcé dans la nuit. Elle ne se souvenait pas de la marque de la voiture. Elle estima que le portrait-robot qu'ils lui présentèrent, même s'il n'était pas parfaitement ressemblant, pouvait correspondre au même homme.

Gary passa dans la pièce d'à côté. Il voulait que quelqu'un surveille la maison d'Evelyn, juste pour le cas où l'homme l'aurait suivie jusqu'à Sydney. La police du Queensland n'avait pas eu l'air trop pressée de vérifier les pistes là-haut à Noosa. Eux aussi étaient à court d'effectif.

— Comment ça, vous n'avez personne de libre ! Mais bon Dieu… C'est extraordinaire. Tu sais quoi ? Si c'était une Blanche, vous trouveriez quelqu'un ! Oui, d'accord… j'ai dit d'accord ! s'écria-t-il en raccrochant violemment.

— Qu'est-ce qui se passe ? demanda Lisa, qui connaissait la réponse.

— Il m'a dit qu'il n'avait pas assez de monde pour enquêter sur les Noirs morts, sans même parler des vivants. Salopard.

Les deux policiers achevèrent leur interrogatoire et s'excusèrent poliment. Evelyn les reconduisit et, comme elle le faisait tous les soirs désormais, s'enferma pour la nuit. Gary et Lisa regardèrent de droite à gauche dans la rue et retournèrent à la voiture d'un pas brusque. Ils partirent vite, persuadés d'être plus près que jamais de mettre la main sur le violeur assassin.

Penché en avant, un clochard dépenaillé se

tenait recroquevillé dans l'entrée d'une usine désaffectée, à vingt mètres en face. Il sourit alors que la voiture de police s'éloignait.

— Tiens. Mes deux amis abos ! Ravi de vous voir à nouveau sur le coup, murmura-t-il.

Lisa laissa Gary à sa voiture. Il retourna immédiatement planquer lui-même devant la maison d'Evelyn. Il savait au fond de lui que l'homme viendrait. Ce n'était qu'une question de temps.

Lisa fit un créneau devant son appartement et aperçut l'heure sur le tableau de bord en redressant. Il était 20 h 30, elle était usée mentalement et physiquement après une longue journée qui avait débuté plus de treize heures auparavant. La pluie froide de l'hiver tombait en lourdes plaques verticales, poussées par un vent violent, méchant. Elle voyait à peine par la portière arrière et les rétroviseurs étaient à peine plus utiles. Elle s'y reprit à deux fois. Et puis elle estima qu'elle était garée, aucun bruit sourd de choc n'ayant confirmé l'impression. Elle évalua d'un long soupir le chemin qui lui restait à parcourir avant d'atteindre sa porte et se jeta à l'eau sous la pluie torrentielle.

Arrivée dans l'appartement, elle ne put retenir un grognement. Tout était dans l'état où elle l'avait laissé le matin : des cartons éparpillés, des cendriers pleins de mégots, des cannettes de bière, certaines à moitié bues, les vestiges odorants d'une bringue d'adultes mal dégrossis. Elle retrouva une petite culotte sous les coussins du canapé, songeuse. Elle n'était même pas sûre qu'elle soit à elle. Et même si c'était le cas, que faisait-elle là ?

Elle alla dans la chambre, la fourra sur le tas de linge sale, se changea et alla dans la salle de bains. Elle fit gicler de l'eau chaude du pommeau de douche sur son visage. Elle ajusta la température, ajoutant du froid au mélange avant de se savonner et d'effacer la crasse urbaine de sa peau.

Elle finit de s'essuyer dans la chambre et s'assit sur le lit. À côté d'elle, elle remarqua un paquet. Elle l'attrapa, le retourna pour lire l'étiquette. Il était adressé à Albert Fuller. La porte d'entrée s'ouvrit, c'était Alby.

— C'est toi, Alby ? demanda-t-elle depuis la chambre.

— Oui. C'est moi.

— Tu es un peu en retard, non ?

— Oui. Un peu en retard.

Elle comprit à son débit embrouillé qu'il avait encore bu.

— Tu es allé boire un coup ?

Il passa la tête par la porte.

— Ouais. J'ai bu.

Lisa ne dit rien. Elle voulait s'habiller. Elle se sentait vulnérable. Elle se leva rapidement, mais trop tard. En deux secondes, il était près d'elle. Il retira la serviette et contempla sa nudité. Ses mains commencèrent leur exploration. Elle le repoussa gentiment.

— Non, Alby. Je suis trop fatiguée. J'ai eu une longue journée.

Elle était en colère, mais essayait de le cacher.

— C'est incroyable, tu es tout le temps fatiguée en ce moment, lâcha-t-il en se reculant, vexé.

— J'ai trouvé une petite culotte dans le salon. Elle n'est pas à moi !

Il quitta la pièce.

— Elle n'est pas à moi non plus, lança-t-il, sarcastique. Peut-être qu'elle est là depuis la dernière fois qu'on a fait l'amour… voilà deux semaines.

— Deux semaines ! C'est pas vrai.

Elle lui courut après.

— Écoute, nous ne sommes plus des jeunes mariés. Nous n'avons plus besoin de faire des prouesses sexuelles tous les soirs, si ?

— Eh bien si ! cria-t-il.

Lisa était encore adolescente lorsqu'elle avait rencontré Alby. À la fin de son contrat à l'exploitation des Dean à Cobar, elle y était restée une année supplémentaire. Mais l'appel de la ville était trop fort, l'exploitation de Cobar trop isolée. Aussi, un mois avant son dix-huitième anniversaire, elle quitta le seul foyer familial qu'elle eût connu. La maison de sa petite enfance n'était plus pour elle qu'un lointain souvenir.

Les Dean confièrent à Lisa les adresses de gens qu'ils connaissaient à Sydney. Elle fit de son mieux pour les retrouver en arrivant, naviguant maladroitement dans la confusion urbaine. Mais ces contacts ne lui avaient guère été utiles, les gens craignant visiblement qu'elle leur demande des faveurs. Oh, ils étaient polis, mais n'avaient rien à lui proposer et encore moins ce qu'elle était venue chercher auprès d'eux : un peu de chaleur humaine.

Après des semaines de persévérance, où elle

répondit à toutes les offres d'emploi qu'elle se sentait capable d'assumer, Lisa obtint un entretien pour un emploi de fonctionnaire dans les services publics des Nouvelles-Galles du Sud. Visiblement, elle semblait convenir pour une place de bureau au Département des Travaux publics, aussi passa-t-elle un examen et des tests de niveau. Lorsque les résultats furent rendus publics, elle fut convoquée à d'autres entretiens avec divers responsables du service public. Elle avait obtenu 97 % dans trois matières — le troisième meilleur résultat jamais obtenu dans l'État — et son QI fut évalué à 147. Le Département de la justice lui fit une offre qui la conquit. On lui fit valoir qu'elle pourrait faire œuvre utile pour son peuple dans ce département. Lisa accepta. Son transfert dans la police, un peu plus tard, ne se fit pas par les canaux normaux.

Un an plus tard, elle rencontrait Alby sous un énorme figuier dans Hyde Park. C'était l'heure du déjeuner, elle mangeait un sandwich et lisait un magazine. Il s'invita dans ses pensées avec sa voix chaude et enjouée. Debout, avec le décor de Sydney derrière lui, il se présenta. Il travaillait pour une grosse boîte d'ingénierie. Pendant des semaines, ils se virent à l'heure du déjeuner. C'était un citadin, un Koori débrouillard. Il la sortit en ville. Elle aima sa forte personnalité, sa confiance en lui. Finalement, un soir, il l'invita au restaurant et au spectacle. Un rendez-vous officiel, pensa-t-elle. Comme c'est romantique. Elle se laissa faire. Quelqu'un la désirait. Elle voulait tant être comme tout le monde, s'insérer dans la normalité.

Moins d'un an plus tard, ils étaient mariés. Elle avait vingt ans, lui vingt-deux.

— Qu'est-ce qu'il y a dans le paquet dans la chambre ? demanda-t-elle en le suivant dans la cuisine.

— Des vidéos que j'ai commandées, si tu veux tout savoir, répondit-il, évitant son regard.

— Quel genre de vidéos ?

Elle le savait bien. Elle eut soudain l'impression de l'avoir perdu. Elle avait la nausée, se sentait déplacée.

Il se retourna et s'approcha d'elle, se pencha et cria :

— Des vidéos porno !

Et il avoua tout.

— Oui, il y avait une femme ici hier soir. J'ai fauté. Et alors ?

En quelques minutes, Lisa se retrouva dans l'ascenseur, portant une valise trop lourde remplie d'affaires qu'elle avait rassemblées à la hâte. Dans la voiture, elle tenta de retenir ses larmes en farfouillant à la recherche du contact. Mais c'était impossible. Pleurant à chaudes larmes, elle se laissa tomber sur le volant. Alors, martelant le tableau de bord du poing, elle cria.

— Sale connard !

Et c'est ainsi qu'elle accepta l'évidence : leur mariage avait vécu.

Je suis rentré à Sydney le lendemain du jour où j'ai vu Evelyn dans le Queensland. Il me la fallait. C'était risqué, mais la vie est ainsi faite. On peut se faire écraser par un bus n'importe quand. L'hiver est presque fini à présent de toute façon, et c'est avant tout pour ça que j'étais parti.

J'ai dit à Colleen qu'Evelyn était une fille avec qui je sortais à Sydney. Elle l'a bien pris, elle a dit qu'elle comprenait. Je reviendrai peut-être la voir quand le temps refroidira, l'hiver prochain. Ça l'a un peu gonflée, la poursuite jusque chez eux et moi qui crie par la portière et tout ce bordel. Mais bon... ? On s'est quittés en bons termes. Je lui ai refilé tous les meubles que j'avais achetés en arrivant là-haut, la télé et les trucs de ma chambre. Mes trois chèques de chômage sont tous arrivés en même temps et du coup, j'avais pas mal d'argent pour m'équiper. Elle me manque. Elle aimait bien me materner et moi je la laissais faire. C'était bien.

Ma mère s'est jamais trop occupée de moi, faut dire. Je lui écris encore. Elle est en prison. Elle a pris dix-sept ans pour avoir tué le vieux. Ce vieux salopard méritait son sort. Il la forçait à participer à ses orgies. Quoi, on peut tout de même pas lui en vouloir d'avoir refusé de baiser avec lui et ses potes pédés et bisexuels. Elle a pas voulu m'en parler, mais j'étais au courant. Même quand j'étais petit, je savais bien qu'il y avait plus de deux personnes dans leur lit le soir. On m'a dit qu'il était en train de se faire mettre par son ami pédé quand elle les a butés.

Je suis content qu'elle l'ait eu. Même si elle

paie pour ça, je crois qu'elle se dit que ça valait le coup. Je sais plus quel est le con qui a dit que si t'as tué, faut payer. Moi je trouve que c'est de la merde en barre, mais Maman est d'accord. Elle aura soixante-deux ans quand elle sortira.

CHAPITRE 25

Le matin se leva sur un froid sec. Un soleil hardi éblouissait les arbres, découpant les feuilles ternes et accentuant les ombres comme au pochoir. La voiture démarra au quart de tour. Alan Jackson avait décidé de rentrer au bureau. Il repoussait ce retour depuis un petit moment. Son médecin aussi. Voilà des semaines qu'il était au régime sec, sans sel et sans gras. D'abord le repos avait été sa priorité et puis, peu à peu, il s'était mis à faire de l'exercice. Il faisait ses trois petits kilomètres aller-retour jusqu'au fleuve tous les matins. L'après-midi, il partait dans l'autre sens, à l'opposé du fleuve, et rentrait à six heures pour dîner. Il prenait fidèlement ses pilules de Digitalis, qui étaient censées renforcer le muscle cardiaque, et son diurétique, la Frusémide. Il prenait aussi bien soin de surveiller son niveau de potassium. Sentir la voiture lui obéir au doigt et à l'œil lui fit du bien. Le parcours familier jusqu'au travail le rassurait.

Jackson sourit en pensant au travail, aux amis. Mais soudain, une douleur lancinante larda son bras gauche, son épaule et sa poitrine. Elle monopolisa tout l'air de ses poumons. Aussi cinglante qu'une forte crampe, elle contracta ses bras et ses jambes. La voiture traversa la ligne blanche et alla s'encastrer tout droit dans un camion de livraisons. Il entendit le bruit du métal qui cédait, du verre qui éclatait, des accessoires qui allaient rebondir sur le revêtement alors que la violence du choc verrouillait sa ceinture. Il glissa sur son siège, la portière se plia autour de ses hanches, le heurtant profondément en le poussant vers l'intérieur. Le volant s'enfonça dans sa cage thoracique. Il sentit son sternum craquer sous la pression alors que le volant de plastique se brisait et que l'axe métallique s'enfonçait dans ses côtes et perforait son poumon droit.

L'ambulance arriva sept minutes après le premier appel. Jackson vivait encore. Efficaces, les ambulanciers le placèrent très vite sur un brancard et dans une ambulance qui fila vers Saint-Johns. Zigzaguant dans le trafic de cette heure de pointe, elle fonça vers l'hôpital à grand renfort de sirènes. Les grands moyens durent être mis en œuvre pendant le transfert, Jackson étant tombé dans le coma. Il arriva aux urgences des perfusions plein les bras. Là, on le connecta à des appareils encore plus efficaces. Sa famille fut prévenue aussitôt. Autour de lui, le personnel médical était sans illusion : avant la nuit, les appareils seraient débranchés et tout soin serait inutile. Ils avaient décidé qu'à 17 h 30 précises, à dix heures de là, on autoriserait Alan Jackson à s'éteindre en paix.

Gary finit par obtenir une surveillance — un homme, un seul — autour de la maison d'Evelyn. Il avait pris ses dispositions pour qu'Evelyn appelle le poste de police de Redfern pour leur faire savoir qu'elle était rentrée. Quelques minutes plus tard, une voiture rappliquerait et se garerait devant chez elle. Gary put ainsi rentrer auprès des siens.

On frappa à la porte. Helen alla répondre dans un pantalon de survêtement trop grand. La douce musique de fond d'un piano s'élevait derrière elle, dans le salon. Le radiateur électrique rougeoyait dans un coin, les murs étaient baignés d'une lumière chaude et tamisée qui émanait des trois lampes disposées dans la pièce.

D'où Gary était assis, il ne pouvait pas voir à qui Helen parlait. Il se leva, tenant toujours un magazine à la main.

— Qui est-ce ? demanda-t-il.

C'est alors qu'il aperçut la forme décomposée de Lisa en larmes dans les bras d'Helen, sa valise posée sur le perron devant la porte ouverte.

— Mon Dieu. Entre vite, ferme la porte, dit-il.

Il se glissa promptement entre elles pour s'emparer de la valise et fermer lui-même la porte. Helen relâcha sa prise alors que Lisa tombait dans les bras de Gary. Elle enfouit son visage au creux de son épaule pour cacher ses larmes.

— Assieds-toi, dit Helen, après un petit moment. Tu veux en parler ?

Elle secoua la tête.

— Non.

— C'est bon, c'est bon. T'inquiète pas, la réconforta Gary.

Sans rien ajouter, Helen se rendit à la cuisine pour préparer du thé. Gary conduisit Lisa vers le canapé. David se glissa dans la cuisine sur les traces de sa mère, se frottant les yeux, à moitié endormi.

Lorsqu'ils furent assis, elle retomba dans ses bras, la tête basse, les larmes coulant le long de ses joues. Lisa ouvrit la bouche pour parler, des larmes plein les lèvres.

— Merde. Je me sens tellement conne, dit-elle.

Elle sortit la langue et serra les lèvres nerveusement.

— Mais non, t'es pas conne, la rassura Gary.

— Quel salaud.

Elle s'interrompit, incapable d'en rajouter. Elle se sentait tellement embarrassée.

Helen ramena David dans son lit.

— Écoute, tout va bien. Tu n'as rien à expliquer. Nous comprenons. Tu peux rester ici, dit Gary, parvenant à esquisser un sourire forcé.

Elle le regarda.

— Qu'il crève, de toute façon, murmura-t-il.

Ils éclatèrent d'un rire nerveux, relâchant un peu de la tension de l'instant.

Helen reparut avec le plateau du thé.

— Ah, ça a l'air d'aller mieux, dit-elle.

Elle versa le thé et son arôme aigre-doux s'échappa avec la vapeur et envahit bientôt la pièce.

— Je ne rentrerai pas. C'était une erreur depuis

le début. On s'est laissé piéger par nos sentiments. Nous étions trop jeunes tous les deux.

— Reste ici le temps de te retaper. On fera du covoiturage, ça économisera de l'essence. Tu vois ce que je veux dire, on ira au bureau ensemble.

— Ouais ! Et comme ça les commères du bureau auront du grain à moudre. Ça leur fera des ragots pour des semaines. Je les entends d'ici.

— On s'en fout de ce qu'ils peuvent penser, intervint Helen.

Lisa regarda Gary.

— On voit bien que tu n'as pas dit à Helen comment étaient nos petits camarades.

Elle soupira longuement. Son corps s'engourdit, elle se décontractait doucement. Elle sirota le thé chaud en s'interrogeant sur son avenir. Puis Gary lui pinça le genou. Elle leva les yeux et s'efforça de sourire.

Les obsèques d'Alan Jackson furent interminables. Il y avait tant de personnalités qui souhaitaient lui rendre hommage qu'il avait fallu établir un programme serré. Le prêtre anglican avait demandé aux orateurs de ne pas dépasser cinq minutes et avait dû limiter les intervenants à six. Il se réserva en revanche la plus grosse part du gâteau.

Près de la concession, Lisa s'approcha de Gary.

— J'ai trouvé un appart. Je déménage demain, chuchota-t-elle.

Ils se tournèrent l'un vers l'autre, tout sourire.

Après l'enterrement, un groupe de collègues se retrouva à la Redfern Tavern : les plus anciens collègues de Jackson convinrent que c'était ce qu'il aurait voulu en guise de veillée funèbre. Chacun y allait de son anecdote sur « le vieux ». D'une table à l'autre, l'histoire de sa vie était résumée. Les moments cocasses ou embarrassants, mais aussi les nombreux actes d'héroïsme.

— Je n'ai pas eu le temps de bien le connaître, mais il m'a percé à jour en un rien de temps, expliquait Gary à un groupe de collègues massés, assis ou debout, dans une alcôve du bar.

La table était couverte de verres, une bonne quarantaine, vides pour la plupart. La soirée allait durer. Lisa était assise en face de Gary et écoutait avec attention les récits des jeunes années de Jackson dans la police. Gary évoquait avec ses voisins ses discussions privées avec « le vieux ». Gary ne pouvait chasser Lisa de son esprit. À présent qu'elle avait son propre appartement, elle allait lui manquer, il avait apprécié sa présence à la maison. Il aimait la voir en pyjama, sortant de la salle de bains avec une serviette négligemment passée autour d'elle, les cheveux trempés. Ils avaient désormais une relation plus personnelle, plus intime, et c'est ce qui allait lui manquer. L'observer à présent, ses lèvres parfaitement soulignées par le rouge et légèrement écartées sur des dents blanches et régulières, l'excitait.

— Lisa, lança-t-il.

Elle leva les yeux. Il lui fit signe de le rejoindre au bar.

— Allons refaire le plein, s'écria-t-il au-dessus de la mêlée.

Ils traversèrent la salle bondée.

— Tu vas vraiment me manquer, déclara-t-il en s'accoudant au bar.

— Allez ! Tu me verras tous les jours, je vois pas comment je vais pouvoir te manquer.

Mais elle savait bien ce qu'il voulait dire. Ils se turent tous les deux. Il passa les commandes. Elle passa un bras autour de sa taille et se serra contre lui. Ils ne dirent rien. Les boissons arrivèrent et ils demandèrent un plateau pour les apporter à la table.

Plus tard dans la soirée, après avoir admis qu'ils étaient trop saouls pour conduire, Lisa et Gary appelèrent un taxi pour les ramener. Il était déjà trois heures du matin et il y avait encore tellement de monde au bar que leur départ passa inaperçu.

Gary ouvrit la portière du taxi et se glissa aux côtés de Lisa. Elle lui prit la main et la garda dans la sienne pendant tout le trajet du retour. Ils parlèrent en plaisantant de la soirée, de son nouvel appartement, qui se trouvait à seulement trois blocs du bureau, et d'Helen. Ils essayaient tous les deux de tempérer leurs émotions exacerbées. Lisa se demandait si leur amitié si rare allait souffrir de leur cohabitation forcée de ces derniers jours. Lorsque le taxi se rangea devant la maison, elle se pencha pour l'embrasser sur la joue et serra sa main très fort.

Dans la maison, ils évitèrent soigneusement de se tenir trop près l'un de l'autre. Lisa alla dans la chambre d'amis. Gary alla regarder sa femme et son fils qui dormaient et puis il se posa sur le canapé et alluma la télé. Lisa se glissa furtivement dans la salle de bains en pyjama. Quand elle ressortit, elle lui lança un « bonne nuit » discret. Mais il ne réagit pas.

— Bonne nuit, répéta-t-elle, plus fort.

— Bonne nuit, répondit-il.

Il lui sourit poliment et se laissa retomber dans le sofa pour regarder une émission d'actualité américaine retransmise en direct en Australie par satellite.

Lisa était couchée sur le côté sous un édredon. Elle sentit une chaleur l'envahir. Une fois de plus, elle était entraînée vers le vide blanc. Elle se tenait nue et une douce voix l'appelait.

— Lisa.

C'était la femme noire.

— Sois prudente, *je t'en prie*.

Le niveau de l'eau grimpa très rapidement.

— Qui es-tu ? demanda Lisa, agacée.

La femme marcha dans la direction d'où venait l'eau. Lisa était terrorisée. L'eau lui arrivait à présent aux genoux. Elle leva les yeux. L'homme roux lui offrit son bras puissant. C'était Mr Chapman ! Elle reconnaissait son visage. Mr Chapman de la pension Bombala.

— Maman, reviens ! cria-t-elle à la femme.

À nouveau, les cloisons cédaient sous la pression de l'eau. Le toit s'ouvrit. Au-dessus, le ciel bleu. Mr Chapman dut se pencher encore plus que d'ordinaire dans le boyau blanc pour la trouver. Elle l'évita et courut derrière la femme — sa mère — qui s'éloignait mais demeurait en vue.

Elle se réveilla en sursaut. Elle se redressa dans le lit, parcourue de sueurs froides. J'ai trop bu, pensa-t-elle. Elle s'étendit, tentant de faire revenir le rêve. Cette fois, elle voulait aller jusqu'au bout. Ses visions avaient pris une réalité plastique, presque tangible. Pas du tout un rêve ordinaire, pensa-t-elle. Elle se laissa gagner par le sommeil.

Quatre heures plus tard, Helen réveilla Gary, profondément endormi sur le canapé. La télé hurlait une publicité lorsqu'elle l'escorta jusqu'au lit.

Lorsque Colleen découvrit le portrait-robot de Peter à la télévision, elle appela immédiatement la police de Noosa. Le rapport fut faxé à Sydney trente secondes après qu'elle l'eut signé. Dix minutes plus tard, Lisa l'avait lu et l'avait rappelée.

— Vous êtes certaine qu'il s'agit de l'homme que vous connaissez, demanda Lisa.

— Oui, j'en suis certaine. Pas de risque que je me trompe, j'ai vécu avec lui pendant des mois.

— Où ça ?

— À mon adresse actuelle, ici au Queensland.

— Comment s'appelle-t-il ?

— Peter. Peter Simpson.

Lisa sentit une poussée d'adrénaline en entendant le nom. Ça collait !

— Vous avez vu son permis de conduire ?

— Non.

— Il avait un passeport ?

— Je ne pense pas. S'il en avait un, je ne l'ai jamais vu. Mais je sais qu'il lui arrivait d'utiliser d'autres noms. Il prenait des noms de champs de course. Il m'a dit qu'il faisait ça pour échapper au fisc.

— Colleen, je vous en prie, ne le prenez pas mal, mais est-ce que vous avez fait l'amour de façon inhabituelle ou avec des objets inhabituels ?

Elle marqua un long temps d'arrêt.

— Il me faisait porter des tee-shirts aborigènes au lit. Et il avait un pistolet.

Elle était visiblement gênée, mais continua.

— Il aimait bien l'introduire en moi. Vous voyez, pour s'amuser. Il me le faisait sucer aussi, mais il n'y avait jamais de balles à l'intérieur. J'arrive pas à y croire.

Elle s'interrompit à nouveau.

— C'est lui le tueur, c'est ça ?

— Nous ne pouvons être sûrs de rien, mais il semblerait que vous avez beaucoup de chance de pouvoir le considérer comme votre ex, répondit Lisa, gravement. S'il vous appelle, je vous en prie, essayez de lui faire dire où il se trouve. Si c'est lui, il faut vraiment l'arrêter maintenant. Ça fait trop longtemps qu'il est en liberté, des années qu'il fait ça.

Un frisson parcourut Colleen. Elle se tortilla sur son siège. Le silence s'installa.

— Colleen ! Vous êtes toujours là ? Lisa serra le combiné plus fort et parla plus près.

— Je suis là.

— Nous resterons en rapport avec vous et, s'il vous plaît, appelez-nous s'il vous contacte. Vous pouvez m'appeler à toute heure du jour ou de la nuit à ce numéro.

— Oui. D'accord. Je le ferai.

Lisa raccrocha. Elle se sentit excitée comme une puce. L'étau se resserrait autour de Peter Simpson. Le téléphone sonna.

— Lisa Fuller.

— Bonjour, Lisa. Je suis ta maman.

CHAPITRE 26

Lisa le lâcha et le téléphone s'écrasa au sol avec fracas. Elle se mit à trembler, ses mains ne pouvaient plus rien tenir. Elle finit par rattraper le combiné et à le porter à son oreille.

— Allô… Lisa, tu es là ?

— Oui… je…

Elle était incapable de parler. Sa gorge était serrée, ses muscles étaient agités de spasmes involontaires, muselant toute velléité de discours. Elle avait perdu pied, perdu le sens du temps. Elle fixait les trous du combiné d'un air incrédule, comme si sa mère allait d'un instant à l'autre en sortir et se matérialiser devant elle.

Dans un effort suprême, elle parvint à ravaler le poids massif qui pesait sur sa gorge et à reprendre :

— Allô… Maman ?

Elle marqua une pause.

— S'il vous plaît. Vous êtes vraiment ma mère ?

— Oui, ma chérie, c'est ta maman.

Elles fondirent en larmes.

L'émission « Australia Today » avait envoyé une équipe de repérage pour reconnaître les lieux avant un direct prévu pour dans deux semaines. Les producteurs avaient décidé de l'organiser en plein centre de Sydney. Le printemps était là, aussi avait-on décidé de tourner en extérieurs et de faire des prises au Jardin botanique, à l'Opéra, sur le Harbour Bridge et dans les docks. Deux jours avant l'émission, les cars régie s'étaient installés sous les marches de l'Opéra. Des camions transportant les décors, le mobilier et les plantes vertes suivirent, puis les éclairages. Tout fut déchargé, installé, périmétré. D'énormes câbles rampaient des cars jusqu'au plateau. À vingt-quatre heures du clap, des tests de faisceau furent relayés jusqu'aux studios. Présentateurs et assistants s'asseyaient devant des bureaux et grommelaient dans des micros, permettant aux techniciens d'ajuster leurs réglages. L'émission durait deux heures et débutait tous les jours à sept heures. Il en fut de même ce matin-là.

Pendant une demi-heure, tout se passa comme sur des roulettes.

— Merci d'être restés avec nous, il est sept heures vingt.

Ross Fleischman se tourna vers une autre caméra, vers un autre prompteur.

— Depuis quelques années, la fréquence des meurtres à caractère sexuel dans les Nouvelles-Galles du Sud a augmenté considérablement. La police attribue avant tout cette recrudescence à un homme. Une chasse à l'homme visant ce suspect précis a été entreprise depuis huit mois. Les services de police combinent leurs efforts avec ceux d'une nouvelle unité aborigène afin de pourchasser le tueur en série incriminé. J'ai avec moi l'inspecteur Gary Leslie, qui fait partie de cette unité spéciale aborigène. Bonjour, inspecteur Leslie, puis-je vous appeler Gary ?

— Bonjour, Mr Fleischman. Oui, si vous permettez que je vous appelle Ross.

— Adjugé. Bon, allons-y franchement, où en êtes-vous ? Ce maniaque sera-t-il bientôt capturé ?

— Nous sommes tout près du but. Il va de soi que je ne peux divulguer aucune information à la télévision, mais je peux vous assurer que nous avons réuni un dossier sur ces meurtres qui est sans équivalent dans l'histoire de ce pays. Nous avons eu recours à de nouvelles techniques d'investigation et, avec l'aide de la technologie moderne, nous avons mis au point des méthodes qui nous permettent de recouper nos informations avec la plupart des postes de police d'Australie, instantanément.

Gary regarda Lisa, qui lui apportait son soutien derrière les caméras. Elle approuva ses propos d'un hochement.

— Je crois que vous avez quelques clichés à montrer aux téléspectateurs, déclara Fleischman, avant d'adresser un signe de tête au chef d'édition. Serait-il possible de les faire voir, Hugues ? Merci…

Il se tourna vers l'écran de contrôle placé derrière les caméras.

— Voilà, nous l'avons à l'écran. Voici le visage de l'assassin. Si vous connaissez cet homme ou si vous l'avez aperçu récemment, veuillez prendre contact avec le commissariat le plus proche. C'est bien ça, Gary ?

— C'est bien ça, Ross, mais n'oubliez pas que cet homme est dangereux. Il a déjà tué à de nombreuses reprises. Il n'hésitera pas à recommencer, aussi ne faut-il pas tenter de l'interpeller soi-même. Il faut appeler son commissariat de quartier et nous laisser faire.

— C'est compris, nous garderons tous un œil sur cet individu, Gary. Merci d'être venu nous rendre visite.

Fleischman pivota vers une autre caméra.

— Restez avec nous, nous allons vous présenter un téléspectateur qui affirme que son chien parle à son perroquet. On se retrouve après une courte pause.

Le chef de plateau hurla ses instructions à l'équipe.

— On dégage. C'est la pub !

Ross Fleischman se pencha pour serrer la main de Gary.

— Bonne chance, j'espère que nous avons pu vous être utiles.

— Merci.

— Vous pouvez quitter le plateau à présent. Nous sommes en pleine pub.

— Oui. Bien sûr.

Gary regarda derrière lui. Un homme accompagné d'un bobtail et d'un cacatoès lui souriait. Il se rendit compte alors qu'il attendait qu'il lui cède sa place. Il se leva précipitamment, avec un sourire gêné, se fendit d'un soupir de soulagement, s'étira et rejoignit Lisa de l'autre côté des caméras.

— J'ai l'impression que ça s'est bien passé, demanda-t-il, sollicitant une réaction.

Lisa obtempéra.

— Tu as été parfait.

Gary se retourna vers le plateau.

— Faut vraiment que je voie ça. Il toussota. Un chien qui parle à un perroquet ?

Le décor avait été installé devant une longue section vitrée du bâtiment qui abritait l'Opéra de Sydney. Tout à coup, Gary aperçut le reflet d'un homme dans les carreaux derrière Ross Fleischman. Il les défiait, debout sur une butte, les mains posées sur ses hanches.

— C'est lui ! s'écria Gary.

Lisa comprit instantanément. Ils se tournèrent tous les deux pour lui faire face. Il les provoqua d'un bras d'honneur, abrité en toute sécurité derrière le demi-millier de spectateurs qui s'agglutinaient sur la petite pente qui menait au Jardin botanique.

— Il faut que je tente le coup, lâcha Gary.

Et il s'élança. Lisa aussi se risqua dans la poursuite. Gary poussait et bousculait les gens en accélérant sa marche. Simpson l'aperçut et battit en retraite en direction du jardin proprement dit.

Gary parvint à se frayer un chemin jusqu'au sommet des marches et à enjamber la barrière de fer forgé tout en haut pour rejoindre la pente herbeuse. Il entr'aperçut le pull bleu que portait Simpson alors qu'il filait entre les buissons à une centaine de mètres de là.

— Connard ! gronda-t-il, les dents serrées.

Il essaya de maintenir un rythme soutenu et tenta de se défaire de sa veste, tirant sur les manches avant de la jeter sur les pelouses du jardin. Il courait en biais dans l'espoir de réduire l'angle et la distance qui les séparaient. Devant lui, il repéra un endroit où il pouvait escalader une barrière qui, pensait-il, abrégerait encore l'écart entre eux. Il fonça droit dessus, se hissa sur la barrière et la franchit sans peine. À présent, Simpson n'était plus qu'à une cinquantaine de mètres. Il se retourna. Gary lui sourit, mais il souffrait intérieurement. Ses cuisses le brûlaient, rongées par l'acide lactique, rouillées par l'oisiveté. Il méprisa les signaux de son corps et tira sur les bras pour aller plus vite, plus fort. L'allée pavée glissait sous les pieds. Simpson faillit tomber en négociant un virage serré.

Gary coupa le virage, se mit à courir au milieu de la végétation protégée du jardin, écrasant des espèces tropicales. Simpson s'affola en voyant Gary à moins de trente mètres, qui regagnait encore du terrain. C'est alors que Gary glissa, au moment où il rejoignait le chemin, et s'étala de tout son long dans une poubelle dont le contenu se répandit sur lui et sur la pelouse impeccable.

Il se remit sur pied très vite, mais retomba aussitôt sous l'effet de la douleur. Il s'était claqué un muscle à l'arrière de la cuisse gauche. Simpson disparut derrière la pyramide de verre au fond du parc.

Un instant plus tard, Lisa était aux côtés de Gary.

— Tu as failli l'attraper, cette ordure ! s'écria-t-elle.

Lisa était du genre sportif, mais la course n'était pas son fort. Elle n'avait aucune chance de rejoindre Simpson. Elle chercha sa respiration, posa une main sous l'épaule de Gary et l'aida à se relever.

— Ça va ? s'inquiéta-t-elle en contemplant son pantalon lacéré et souillé.

— Non ! cria-t-il, au comble de la fureur.

CHAPITRE 27

Evelyn convoqua les membres de la compagnie de danse aborigène pour une réunion extraordinaire. Elle arriva tôt avec Rosie et deux autres employés de bureau et ils allumèrent les lumières et entreprirent de disposer des sièges dans l'immense salle de répétitions. À sept heures trente, tous les danseurs de la compagnie les avaient rejoints. Doucement, elle gagna le devant de la salle pour leur faire face. Elle consulta ses notes avec fébrilité et attaqua.

— Danny Renaldo a lancé cette compagnie avec une idée simple : créer un lieu où la danse aborigène pourrait être pratiquée par les Aborigènes. Sa disparition ne doit pas mettre fin à ce rêve. Quelques-uns des collaborateurs de Danny ont décidé de tenir cette réunion afin de trouver par quels moyens poursuivre les activités. Nous sommes prêts à en assumer la responsabilité si vous en êtes d'accord. Pas mal d'entre vous veulent s'exprimer alors je vous laisse la parole.

Difficile de faire plus bref.

La réunion se déroula dans le calme, parfois la

gravité. La discussion s'acheva sur la décision de nommer Evelyn directrice artistique et chorégraphe pour une durée de deux ans. Les mois qui allaient venir seraient décisifs pour elle. Elle aurait à proposer au moins une création au public tous les six mois. Le défi l'excitait. Elle ferma le bâtiment derrière elle comme elle l'avait fait pendant des années et traversa la rue animée pour gagner le parc.

Elle s'était engagée à mi-parcours à l'intérieur du parc Prince Alfred lorsqu'elle se rendit compte à quel point il était tard. Elle se retourna, scrutant les parages avec méfiance, et accéléra la cadence. Devant elle, elle aperçut deux amoureux sur un banc. À sa gauche, deux clodos s'insultaient sous un arbre. Au loin, dans la pénombre, un homme urinait contre une barrière. Une sirène résonnait dans le lointain.

Alors qu'elle poursuivait son chemin, elle entendit quelqu'un s'approcher d'elle par-derrière. Elle se retourna vivement : c'était lui. Il marchait d'un pas vif et décidé. Il n'avait pas bu. Elle se mit à trottiner. L'homme derrière elle accéléra. Elle se retourna : c'était bien lui et il se rapprochait !

— Laissez-moi tranquille ! hurla-t-elle dans sa direction.

Tout son corps haletait, tétanisé par l'adrénaline. Elle sprinta sur les deux cents mètres qui la séparaient de la sortie du parc et encore sur les trois cents mètres jusque chez elle, laissant l'homme sur place.

Evelyn respira lourdement en se réfugiant chez elle. Elle s'empara du téléphone, composa le numéro de la police et se laissa tomber de tout son poids dans un fauteuil. Lisa et Gary étaient dans son salon cinq minutes plus tard, pendant qu'une voiture de police patrouillait dans le secteur sans rien trouver.

Ils commencent à me courir ces flics « abos ». Je pensais que si quelqu'un devait comprendre l'effet que ça fait d'être un moins que rien, ce serait bien eux.

Il a failli m'attraper aux Jardins botaniques l'autre jour. J'étais juste allé voir « Australia Today ». Ils avaient pas arrêté de dire toute la semaine que si on voulait assister au tournage de l'émission à l'Opéra, on pouvait. C'est comme ça que j'y suis allé. Mais quand j'ai vu les flics aborigènes, je me suis dit qu'il valait mieux se tenir à distance. Et puis le gus est carrément passé dans l'émission. C'était trop drôle en fait, sauf quand il s'est lancé à ma poursuite. Ce salaud de Black court vite. J'ai cru que j'étais fait. Mais bon, qu'est-ce que j'ai pu me marrer à les entendre parler de moi alors que j'étais là, à côté d'eux. Comme maintenant. Ils sont là-dedans et moi je suis juste en face.

— Même si nous avons un homme en faction quand vous êtes à la maison, pour une meilleure sécurité, ça serait mieux, comme on vous l'a déjà dit, de vous installer chez des amis, conseilla Lisa à Evelyn.

— C'est ce que je vais faire… vous avez raison.

— Dès aujourd'hui ? insista Gary.

— Oui. Aujourd'hui. Promis.

— Nous avons un homme posté devant chez vous en ce moment même. Si vous vous sentez rassurée, on va vous laisser, reprit Lisa. Mon nouvel appartement est à deux pas d'ici aussi je vais vous laisser mon adresse et mon téléphone. Vous m'appelez quand vous voulez.

— C'est gentil, merci.

— Je ne pense pas qu'il vous importunera à nouveau ce soir, mais vous savez que nous pouvons être chez vous très vite si vous nous appelez, ajouta Gary.

Evelyn sourit.

— Merci à tous les deux.

Par la porte entrebâillée, de la lumière se diffusa sur l'allée sombre. Lisa et Gary continuèrent de parler avec Evelyn sur le seuil. Ils ne remarquèrent pas l'ombre qui se déplaçait dans l'aire de livraisons de l'usine désaffectée d'à côté.

— N'oubliez pas. Nous sommes là.

— Encore merci.

Evelyn referma la porte.

Lisa fit signe au policier assis dans la voiture devant la maison et ils regagnèrent leur propre véhicule. La forme sombre se déplaça légèrement quand ils démarrèrent.

Le lendemain matin, Lisa lança l'ordinateur et alluma une cigarette. Elle cliqua sur l'en-tête « Recherche de dossier médical ». Après la mention « nom », elle entra : Simpson, Peter. L'ordinateur moulina, ronronna, cliqueta et bourdonna. Un signal d'alerte retentit : il avait trouvé !

— Gary, viens voir, lança-t-elle.

Il vint se placer derrière elle et regarda l'écran.

Lisa tapa : « informations supplémentaires ».

L'ordinateur s'anima à nouveau puis arrêta sa recherche plus vite encore que la première fois. Il n'émit qu'un bref tintement électronique. L'écran s'éclaira et un texte défila : *Hôpital de Penrith, opération de la cheville gauche. Victime d'un accident de moto, patient inconscient à l'admission, cheville prise en charge, pose plâtre.* Le texte s'arrêtait là. Le ventilateur de l'ordinateur se mit à vrombir.

— Qu'en penses-tu ? demanda-t-elle à Gary.

— Redemande des infos.

Lisa tapa : « informations supplémentaires ».

L'ordinateur ronronna à nouveau et — ding ! — signala sa dernière trouvaille. L'écran s'éclaira : examens médicaux effectués au laboratoire de l'hôpital de Sydney.

— Il nous faut savoir si les prélèvements de cet examen sont disponibles, déclara Gary.

Lisa tapa : « informations supplémentaires ». L'ordinateur ronronna et afficha : Simpson, Peter, biopsie disponible au laboratoire de l'hôpital de Macquarie Street, Sydney.

— Oui ! s'exclama Lisa en boxant l'air.

Lisa demanda aussitôt à ce que l'échantillon soit testé pour établir un profil ADN. On compara le résultat à l'ADN du sperme recueilli sur le corps de la femme assassinée à Redfern.

Quelques heures plus tard, les conclusions lui arrivaient par fax. Ça collait !

Le centre de détention pénitentiaire pour femmes de Parramatta a été bâti voilà cent vingt-sept ans sur une crête surplombant une superbe gorge. Plusieurs prisons se sont succédé à cet emplacement depuis les premiers jours de l'occupation européenne. Les nombreux saules qui pleuraient le long de la rivière tourbillonnante en contrebas étaient parfaitement visibles depuis la cellule de Ruby Simpson. Elle alluma une cigarette et le soleil qui filtrait par les petits barreaux de sa fenêtre coupa la fumée bleutée en de fines lamelles.

Ruby était une petite bonne femme assez jolie qui approchait de la cinquantaine. Ses cheveux droits rebiquaient à hauteur des épaules. L'uniforme de la prison ne retirait rien à sa silhouette ferme. Mais la boisson avait laissé des traces sur sa peau, lui donnant une apparence fragile, jaunâtre. Elle sursauta en entendant la porte de la cellule qu'on ouvrait. Elle tira sur sa cigarette.

— Allez, Ruby, y a quelqu'un qui veut te voir, lança la surveillante.

— Me voir moi ? Qui voudrait me voir ? demanda-t-elle.

— Tu verras.

— Des flics ! Je suis sûre que c'est des flics. Ils savent pourtant tout ce qu'il y a à savoir. J'ai rien fait de plus. Putain, mais qu'est-ce qu'ils veulent maintenant ?

Elles avancèrent doucement le long du couloir de pierre, traversant deux portiques et une haute porte métallique. À chaque fois, il fallait déverrouiller et verrouiller. Elles étaient dans le quartier de haute sécurité. Bientôt, elles arrivèrent dans la salle d'entretien généralement réservée aux visites des avocats.

— Bonjour. Vous êtes Mrs Ruby Simpson ? demanda Ross Fleischman.

— Ouais, c'est ça, répondit Ruby, qui ne parvenait pas à mettre un nom sur ce visage familier.

— Je suis Ross Fleischman, Mrs Simpson. Je peux vous appeler Ruby ?

— Si vous voulez.

Et puis ça lui revint.

— Vous bossez à la télé, vous, non ?

— Absolument, et c'est pour ça que je me permets…

On frappa à la porte. La même surveillante était de retour avec une équipe de tournage.

— Installez-vous là, les gars, lança Fleischman aux techniciens. Si Ruby veut bien…

Ruby était gênée, nerveuse et repoussait des mèches rebelles qui lui tombaient dans les yeux. Elle acquiesça d'un signe de tête.

Un cacatoès solitaire écarta les ailes en ralentissant son vol pour aller se poser au sommet d'un arbre dans le jardin d'Helen. Elle le regarda faire depuis sa cuisine. C'était le week-end. L'oiseau lança un cri strident qui traversa la vallée. Bientôt, le ciel devant elle était blanc. Tout un vol de cacatoès avait rappliqué et commençait à se lancer dans de grandes discussions. C'était une assemblée agitée. Sur les branches les plus basses, une dizaine d'oiseaux se relayaient, changeant de place, de branche. L'instabilité ainsi créée se transmettait à tout le groupe. Puis un des perroquets s'envola. Au bout de quelques secondes, il lança son appel strident. Quelques-uns lui répondirent et, soudain, ils étaient partis, dans un impressionnant fouillis d'ailes et de plumes. Ils s'envolèrent, abandonnant l'arbre à lui-même.

Helen soupira, continua à préparer le café et retourna à la chambre.

— C'était quoi, ce tintamarre ? demanda Gary.

— C'était très beau. Tout un vol de cacatoès est venu se poser sur notre arbre. Il devait bien y en avoir une trentaine.

— Au bruit, j'aurais dit cinq cents !

— C'était magnifique.

Émue, Helen s'assit sur le lit.

— Je suis allée voir le docteur Peg hier.

— Ah bon, pourquoi, tu vas pas bien ?

Gary se redressa, inquiet.

— Je vais *bien*, le rassura-t-elle, tout sourire. Je suis enceinte, c'est tout. Nous allons avoir un autre petit bébé.

Gary sauta hors des draps, et debout sur le lit, tout nu, il regarda le ciel et cria.

— Yahoo ! Ma beauté !

Il descendit du lit, prit Helen dans ses bras et se lança dans une polka endiablée autour de la chambre.

Helen ne savait pas trop comment Gary réagirait à la nouvelle. Pendant la nuit, elle avait échafaudé dans sa tête de nombreux scénarios pour ce moment. Celui-là était de loin le meilleur.

Trois heures plus tard, Gary, Helen et le petit David étaient sur Harbour Bridge en direction du nord. Ils avaient préparé un pique-nique en pensant que Palm Beach serait un bon endroit pour aller passer une chaude après-midi de printemps. L'autoradio jouait un air entraînant et Gary tapait en rythme sur le volant, attendant que le feu passe au vert. Il se tourna vers Helen et dit :

— Je viens juste de penser que j'ai fait l'amour à une femme enceinte, la nuit dernière.

— Si tu joues bien ton jeu, tu pourrais encore toucher le jackpot !

Elle sourit et regarda droit devant elle.

— Chut, la taquina Gary. Y a des oreilles qui traînent...

Mais David était beaucoup trop occupé à observer le chien dans la voiture d'à côté.

La circulation devint plus dense alors qu'ils approchaient des plages dorées du nord de Sydney. À Newport, Gary fit une halte pour acheter une bouteille de vin blanc frais. La chaleur presque estivale avait donné les mêmes idées à tout le monde et attiré les Sydneysiders sur la côte. Les places de parking étaient rares à Palm Beach et ils allaient devoir marcher une petite trotte jusqu'à la plage. Mais ils s'en moquaient, tout à leur euphorie prénatale.

Le fond de l'air conservait un peu de fraîcheur hivernale dans les Montagnes Bleues que traversait Lisa. Sa maman habitait désormais à l'ouest de Sydney, dans la petite ville de Mudgee. Les retrouvailles du week-end avaient été organisées à la hâte, tant était grande leur impatience de se revoir. Quittant les abruptes routes de montagne pour entrer dans Lithgow, elle se sentait excitée, nerveuse. C'est alors qu'elle aperçut le panneau vert indiquant qu'il lui fallait tourner à droite. « Mudgee », en grosses lettres blanches. En longeant la vallée profonde de Capertee, elle essaya de se rappeler le visage de sa mère. À quoi ressemblait-elle ? Allait-elle la reconnaître ? Le seul souvenir qu'elle gardait était celui de ce visage implorant, déformé par la souffrance qui la fixait par la vitre de la voiture de police qui l'enlevait à son affection. C'était si loin.

Elle se gara devant une maisonnette de briques couverte de tuiles. Un eucalyptus se dressait fièrement dans le jardin devant la façade, la pelouse était bien entretenue. Des fleurs toutes simples : des coquelicots, des gueules-de-loup et des pensées jaillissaient des plates-bandes qui entouraient la maison. Avant que Lisa ait eu le temps de descendre de voiture, la porte d'entrée s'ouvrit. Une belle femme d'âge moyen, à la peau sombre, passait la tête dans l'encadrement. Et puis, alors que Lisa fermait la portière, elle se risqua doucement sur le perron. Elles se rejoignirent au portail et tombèrent dans les bras l'une de l'autre, incapables de prononcer le moindre mot. Elles se connaissaient, c'était indubitable. Un lien plus fort que les mots, tissé dans la petite enfance, avait refait surface. Elles pleuraient de bonheur. La blessure profonde infligée par le gouvernement, la séparation forcée d'une mère et de son enfant allaient enfin pouvoir commencer à guérir.

Dans les heures qui suivirent, la maman de Lisa lui parla de son père, qui était mort dans un accident de voiture à l'âge de trente et un ans, et de son seul autre enfant, un frère. Elle sortit des albums de photos et lui montra les gens de sa famille. Lisa était hypnotisée. Plus d'une fois, les larmes brouillèrent sa vision. La plupart de ses cousins étaient mariés et habitaient Sydney. Sa mère avait eu son frère avec un second mari dont elle avait divorcé voilà dix ans. Il avait trois ans de moins que Lisa. Il s'appelait Paul Ferguson, était homosexuel et travaillait dans le show-biz sous le nom de Danny Renaldo. Elle avait perdu contact avec lui lorsqu'il avait quitté Sydney pour rejoindre les Ballets d'Australie à Melbourne.

Il y avait du mouvement en ce petit matin sombre dans les bureaux de la Chaîne 8. Les studios de Sydney s'éveillaient doucement avec l'arrivée des équipes de tournage, d'éclairage et de maquillage. Les producteurs et les présentateurs suivirent peu après. Le studio était passé de l'ombre à la lumière éclatante des cent soixante projecteurs. Le chef éclairagiste s'asseyait à la place de chaque intervenant à tour de rôle avec son posemètre et, par le retour, indiquait le niveau à son équipe restée en régie. Elle ajustait les niveaux en fonction de ses instructions. D'autres techniciens aboyaient leurs consignes à travers le vaste studio. Il fallait de nouvelles fleurs, elles étaient arrivées ? Oui. Quelqu'un avait vu Ross Fleischman ? Il est au maquillage, répondait-on. Plus on s'approchait de sept heures et plus les instructions se faisaient frénétiques. Mais tout était en ordre malgré ce voile de confusion et d'hyperactivité.

Le réalisateur, général cinq étoiles de cette armée de techniciens, appela finalement ses hommes au front. Sa voix retentit dans les membranes des haut-parleurs.

— Tout le monde sur le qui-vive ! On est à l'antenne dans dix secondes.

Chacun effectua le décompte dans sa tête. À cinq, une nouvelle annonce :

— Cinq secondes ! Tout le monde à son poste, lança le réalisateur à son infanterie.

Un chef de plateau, debout derrière une caméra, leva cinq doigts pour que tout le monde les voie bien. La musique du générique démarra en sourdine. Les doigts se refermèrent l'un après l'autre, seconde après seconde. Lorsque tous les doigts eurent disparu, il indiqua la caméra. Une lumière rouge s'éclaira au-dessus et le visage de Fleischman s'anima.

CHAPITRE 28

Gary se précipita hors de la salle de bains lorsqu'il entendit le nom de Peter Simpson dans le lancement du prochain sujet de l'émission « Australia Today ». Étendue sur le canapé avec la télécommande, Helen augmenta le son.

« ... hier matin, je me suis rendu à la prison pour femmes de Parramatta. C'est là que j'ai enregistré une interview avec la mère de Peter Simpson. Simpson est soupçonné d'avoir tué au moins une femme blanche et trois aborigènes. Je vous invite à regarder ce qui suit. »

On lança le reportage. Fleischman et Ruby Simpson étaient assis dans le parloir.

— Je suis ce matin avec Mrs Ruby Simpson. Mrs Simpson est la mère du tueur et violeur en série Peter Simpson. Bonjour, Mrs Simpson.

— Bonjour, M. Fleischman, répondit Ruby, intimidée.

Elle regardait droit dans la caméra alors que Fleischman était assis à côté d'elle.

— Mrs Simpson ? Je peux vous appeler Ruby ?

— Mais oui. Certainement.

— Ruby. La police dispose de preuves qui démontrent que votre fils est sans doute un assassin et un violeur. Que ressentez-vous ?

— Je n'en sais rien, en fait…

— Vous ressentez de la colère, de la douleur, un choc, des remords ?

— Non… Pas vraiment. Ce n'est pas moi qui ai fait tout ça, c'est lui.

— Non, bien sûr. Nous savons bien que ce n'est pas vous qui avez fait ces choses, mais apparemment c'est votre fils. Quel effet cela vous fait-il de savoir que vous avez peut-être engendré l'assassin le plus meurtrier d'Australie ?

— Je ne ressens rien. Un peu de nervosité, peut-être.

Fleischman se déplaça sur son siège, mal à l'aise. L'interview se passait mal.

— Si vous deviez élever votre fils à nouveau, changeriez-vous quelque chose ?

— Je ne sais pas.

— Mrs Simpson, Ruby, avez-vous quelque chose à dire à votre fils s'il nous regarde ce matin ?

— Oui… Je voudrais lui dire quelque chose.

Elle fixa à nouveau la caméra. Le cameraman resserra le cadrage sur un gros plan de la détenue et sur ses traits fatigués.

— Pete, faut que tu arrêtes. Va aux flics, rends-toi. Arrête toute cette tuerie. Arrête tout de suite !

Fleischman sourit. Grâce à Dieu, elle avait fini par faire ce qu'on attendait d'elle.

Helen baissa le son de la télévision.

— Ça pourrait marcher, soupira Gary, plein d'espoir.

Il retourna à la chambre pour finir de s'habiller. Helen regarda la fin de l'émission.

Soudain, elle appela Gary.

— Viens voir ! Vite !

Dans le studio, Fleischman était au téléphone.

— Oui, Peter, nous comprenons très bien que vous êtes un peu différent de nous autres, disait le présentateur d'un ton paternaliste.

— Il parle carrément à Simpson au téléphone ! s'exclama Helen.

— Bon Dieu ! grogna Gary en décrochant son propre téléphone.

Il appela les renseignements.

— Inspecteur Gary Leslie, de la Brigade criminelle, je dois être mis en contact immédiatement avec les studios de la Chaîne 8, c'est une urgence.

— Ici la Chaîne 8. Bonjour, Stéphanie, à votre service.

— Ici l'inspecteur Leslie, de la Brigade criminelle de Sydney, je dois parler à Mr Fleischman de toute urgence.

— J'ai bien peur que ce ne soit pas possible. Nous avons des instructions très strictes de notre direction de ne pas déranger Mr Fleischman pendant qu'il prend l'appel de Simpson.

— Passez-le moi sur une autre ligne, tout de suite ! Vous êtes passible de complicité d'obstruction à la justice si vous ne me le passez pas !

Gary était livide. Il voulait demander à Fleischman de faire durer la conversation pour pouvoir repérer la provenance de l'appel.

— La ligne est libre, ils ont raccroché, je peux vous transférer à présent, inspecteur Leslie.

— Bon Dieu... ne vous donnez pas cette peine !

Il raccrocha rageusement.

Plus tard dans la matinée, au bureau, Lisa, Gary et la quasi-totalité de la brigade regardait l'enregistrement de la conversation entre Fleischman et Simpson.

— Je n'en serais jamais arrivé là si je n'étais pas un peu unique, disait la voix de Peter Simpson dans les haut-parleurs alors qu'à l'image, Fleischman essayait de se donner un air intelligent.

— C'est... sûr, Peter, répondit-il.

— Aussi, si je me rends à la police, ce sera à mes conditions. Vous comprenez ?

— Bien sûr, Peter, je comprends très bien. Mais quand comptez vous le faire et quelles sont ces conditions ?

Fleischman tenait son scoop. Il avait du mal à cacher sa satisfaction. On voyait sur son visage qu'il était prêt à sauter de joie en poussant de grands cris.

— J'ai pas encore décidé.

— Vous m'appellerez lorsque vous aurez pris votre décision, mon petit Peter ?

Tout le monde comprit instantanément qu'il n'aurait pas dû lui donner du « mon petit ». Il avait tellement voulu en rajouter dans son désir d'amadouer le tueur. Le réalisateur jura dans la régie. Des technos se tournèrent pour que Fleischman n'aperçoive pas leurs sourires navrés ou leurs haussements d'épaules.

— Je ne sais pas…

Le bourdonnement de la tonalité se substitua à la voix. Fleischman combla bien vite ce vide.

— Eh bien voilà : une nouvelle exclusivité d'Australia Today. Pour ceux qui nous rejoignent seulement, je rappelle que nous avons diffusé un appel de la mère de Peter Simpson, lui demandant de se rendre. Simpson nous a appelés après cette diffusion et je lui ai parlé en direct. Nous devons marquer une petite pause et nous nous retrouvons. Restez avec nous.

La salle de réunion bondée, ses murs placardés de documents destinés à attraper le tueur, bourdonnait de commentaires. Le magnétoscope s'arrêta.

Tous les journaux du soir faisaient leur Une sur le scoop télévisé. Voilà qui allait rajouter à la pression qui pesait sur la Brigade criminelle.

Gary et Lisa déjeunèrent rapidement sur le pouce au pub. Ils se hâtèrent de traverser le bureau paysagé pour regagner leurs places. Gary accéléra. Il crut reconnaître la sonnerie de son téléphone. Au moment de décrocher, il savait intuitivement que c'était Simpson. Il marqua un temps d'arrêt avant de parler. Il appuya sur l'amplificateur pour que la conversation passe sur le haut-parleur.

— Bonjour, ici Leslie.

— Ici Peter Simpson, mon pote. C'est toi le flic abo qui me recherche ?

— Oui, je suis aborigène, Simpson. Tu es où ?

Gary parlait fort. Il se mit à faire de grands gestes désordonnés à Lisa. Elle décrocha un autre téléphone dans l'espoir de détecter l'origine de l'appel.

Simpson soupira longuement dans le combiné.

— Comme tu le sais, je ne suis pas complètement stupide.

— Okay, okay, qu'est-ce que tu veux ?

— Je veux me rendre.

Gary sentit son cœur battre la chamade. On s'était rapidement donné le mot et tous les policiers se massaient dans le coin près des toilettes dans l'espoir d'entendre ce qui se disait.

— Tu me dis où et quand, Peter. C'est toi qui décides, mon pote. C'est toi qui commandes.

— Je veux que je commande ! gronda-t-il.

— T'énerve pas. Tu me dis simplement où et quand, okay ?

— Pas encore, mon pote. Je te le dirai, mais pas tout de suite.

Il raccrocha.

Gary jeta le combiné.

— Bordel de merde ! s'écria-t-il alors que le téléphone suivait le combiné et allait s'écraser sur le parquet. Tout le monde dans la pièce partageait le même sentiment de frustration.

Bravant la pluie, une petite Toyota rouge, ses phares perçant la pénombre, s'arrêta devant le petit lotissement où habitait Evelyn. Elle descendit de la voiture avec deux amies, riant aux éclats. Les répétitions s'étaient passées à merveille, le nouveau spectacle prenait forme. Elle commença par déverrouiller les trois cadenas et puis, dans l'entrée, désactiva l'alarme. Elle alluma aussitôt la lumière de l'entrée.

— On va aller acheter du vin et des trucs à grignoter pour fêter ça, lança la plus grande des deux femmes. Tu as besoin d'autre chose ?

— Non, c'est bon. Je prépare deux, trois affaires et je serai prête quand vous reviendrez, répondit Evelyn, filant vers sa chambre.

En préparant ses affaires, Evelyn remarqua un bruit. Quelque chose gouttait dans la cuisine. Elle passa des collants et enfila un pull et se dirigea vers le bruit d'écoulement.

En allumant la lumière de la cuisine, elle aperçut l'eau qui dégoulinait. Une flaque s'était formée sur le faux plafond au-dessus de la cuisine et l'eau s'infiltrait par là.

— Ah non. Pas la toiture. J'ai vraiment pas besoin de ça !

Elle alla à la salle de bains chercher des serviettes pour éponger la fuite. Ensuite, équipée d'une chaise, d'une lampe torche et d'un balai, elle se rendit jusqu'à la trappe dans l'entrée. Sur la pointe des pieds, elle parvint à ouvrir le panneau qui protégeait l'accès au toit. Elle dirigea le faisceau de la torche dans la direction approximative de la cuisine et constata qu'un trou avait été pratiqué dans la tôle, assez grand pour permettre le passage d'une personne. Sa nuque se hérissa, elle sentit une forte poussée d'adrénaline. Ses yeux s'écarquillèrent, poussés hors de leurs orbites par la panique intérieure.

Lisa termina son frugal repas du soir. De l'omelette sur des toasts. Elle mit un peu d'ordre dans la cuisine et fredonna.

— Je n'avais jamais eu l'intention, non pas l'intention, de tomber amoureuse de toi.

Elle se pencha pour essuyer le sol autour de la poubelle en plastique. Le son pressant du téléphone interrompit sa chanson. Toujours penchée, Lisa sentit des bras se refermer sur elle. La terreur la pétrifia.

— Salut Lisa, miaula Peter entre ses dents. Tu vois ça, c'est un putain de revolver.

Il ficha l'arme, un calibre .22, sous sa mâchoire. Sa main était solidement rivée sur sa bouche.

— Si tu cries lorsque j'enlève la main, je te fais sauter la cervelle.

Il relâcha sa pression.

— Ne me faites pas de mal, implora Lisa, respirant par le nez.

— Je ne vais te faire aucun mal, ma petite Lisa. Tu es ma récompense.

Le téléphone n'arrêtait pas de sonner.

Ils se balancèrent, comme emportés par une danse de Saint-Guy et Peter finit par imposer sa force. Il se recula lorsqu'il fut convaincu qu'elle avait retrouvé son calme. Il la tira par les cheveux, rejetant sa tête en arrière. Il agita l'arme fiévreusement et demanda :

— Où est la chambre ?

Sans attendre de réponse, il la poussa devant lui dans le couloir, la tenant toujours fermement par les cheveux.

— Comment êtes-vous entré ? demanda-t-elle, tentant de l'attirer dans une conversation.

— Lisa… On ne peut pas mettre des verrous partout.

La sonnerie du téléphone cessa.

— Je ferai tout ce que vous voudrez, mais je vous en prie, ne me faites pas de mal.

— Je ferai foutrement ce que je veux, répliqua-t-il.

Lisa avait appris que toute tentative de raisonner avec des psychopathes était vouée à l'échec, mais elle n'avait pas d'autre choix que d'essayer. Il la poussa sur le lit et la frappa à la joue avec le canon de l'arme. Sa peau était arrachée sous l'œil droit et le sang coula le long de son visage.

— Ne me faites pas de mal. Ne me faites pas de mal.

Sous le choc, c'est tout ce qu'elle arrivait à marmonner.

Le téléphone sonna de plus belle.

— Déshabille-toi, intima-t-il en s'asseyant au pied du lit.

Elle se redressa comme elle put et s'exécuta en tremblant, en sanglotant, en bafouillant.

— Pas si vite, la coupa-t-il. Doucement. Beaucoup plus doucement.

Lorsqu'elle fut complètement nue, il se tint à ses côtés et passa la pointe du pistolet sur ses seins, un sourire aux lèvres.

— Magnifique, décréta-t-il. Maintenant, mets-toi à genoux.

Il libéra le renflement qui gonflait sa braguette.

Le téléphone s'arrêta.

Dans son esprit, Lisa se représenta Gary tel qu'elle venait de le laisser au bureau. À l'aide. J'ai des ennuis. SOS ! SOS ! implorait-elle. Un message télépathique qu'elle répétait sans cesse.

— Suce-moi, ordonna-t-il, crachant entre ses dents.

Lisa sentit les larmes qui coulaient le long de ses joues alors qu'il attirait son visage vers lui et tentait de fourrer de force son sexe entre ses lèvres serrées. Il posa le pistolet contre sa tempe et la tirant en arrière de toutes ses forces, il aboya ses ordres :

— Suce-moi ! J'aime qu'on me suce avant l'amour. Ouvre ta bouche.

Malgré le dégoût, Lisa ouvrit la bouche. Il y fourra son membre turgescent. Et il se mit à remuer les hanches, à s'imposer en elle, à attirer de force son visage vers lui. Elle parvint à se reculer, juste assez pour l'apercevoir. Il fermait les yeux et les traits de son visage étaient déformés. À chaque assaut, il laissait échapper un petit cri rauque. Il l'attira à nouveau violemment vers lui.

Alors Lisa mordit. Dans un geste désespéré, elle agrippa la main qui tenait le pistolet et écarta le canon de son visage. Elle se redressa sur un genou, serra le poing droit, rassembla toutes ses forces et le frappa en plein dans les testicules. Aussitôt elle se recula et frappa à nouveau. Un grognement sauvage s'échappa de sa poitrine alors qu'elle touchait une nouvelle fois au but. Simpson ouvrit la bouche sous le choc et la douleur. Avec toute la force qui lui restait, Lisa détourna son bras pour que l'arme soit dirigée vers le plafond. Elle sentit ses doigts qui pressaient la détente, puis la détonation. La chaleur de l'explosion se répercuta sur sa main. Ses phalanges étaient blanches tellement elle serrait fort. Elle amorça un nouveau direct du droit et frappa. Il la tenait encore par les cheveux, et elle sentit qu'il en arrachait de son cuir chevelu en resserrant son emprise. Elle frappa encore et encore. Ses forces s'amenuisaient. Elle sentit qu'il appuyait à nouveau sur la détente. Le pistolet explosa. Elle frappa avec l'énergie du désespoir, sachant qu'elle était à bout de force et tentant de compenser le manque de puissance par le nombre des coups. Il finit par lâcher l'arme. Lisa s'en empara, la planta dans ses côtes et tira. Il y eut deux détonations et puis des clics. Elle continua à presser la détente comme une forcenée. En désespoir de cause, elle jeta le pistolet. Le sang coulait dans la région des côtes, mais il trouva encore la force de s'accrocher à ses cheveux en poussant un râle d'agonie. Lisa le frappait encore au bas-ventre lorsque Gary se rua dans la pièce, son arme de service pointée sur Simpson.

— Police ! hurla-t-il. Lâche-la.

Simpson relâcha Lisa. Elle sanglotait à présent de toutes ses larmes et se mit à le frapper aux parties, encore et encore. Gary retint son souffle, mais la laissa faire, lui accordant cette vengeance. Lisa s'écroula, épuisée. Gary appuya son pied sur la tête de Simpson et déclama :

— Vous êtes… en état… d'arrestation.

Dans la confusion, Evelyn était entrée et se

tenait aux côtés de Lisa, tenant un drap dans les mains. Elle le passa sur les épaules de Lisa, qui pleurait et n'arrivait plus à respirer. Du sang avait giclé aux quatre coins de la chambrette.

Vingt minutes s'étaient écoulées, une éternité pour Lisa qui avait passé des vêtements et était assise dans la cuisine avec Evelyn et Gary.

— Lorsque j'ai découvert qu'il s'était introduit chez moi par le toit, j'ai paniqué et j'ai immédiatement voulu téléphoner chez vous. Et puis je n'arrivais plus à trouver le papier avec votre numéro et votre adresse. Je l'avais accroché sur un panneau de liège que j'ai installé près de mon téléphone. C'est alors que j'ai compris qu'il l'avait pris. J'ai eu tellement peur… J'ai appelé Police secours, expliqua Evelyn.

— Ils m'ont aussitôt transmis l'appel, poursuivit Gary. J'étais encore au bureau. Lorsque Evelyn m'a appris que le bout de papier où elle avait noté ton adresse avait disparu, j'ai compris. Je suis venu aussi vite que j'ai pu.

Il se rendait bien compte que Lisa aurait préféré que ce fût encore plus vite.

— Tu as fait tout ce que tu as pu. Merci.

— On peut l'emmener à présent ? demanda un ambulancier qui soutenait Simpson avec l'un de ses collègues.

— Pars avec lui. C'est toi qui l'as arrêté, murmura Lisa.

Mais Gary était intraitable.

— Non, Lisa, tout est terminé grâce à toi. Il est à toi.

Devant la maison de Lisa, neuf voitures de police, illuminées de rouge et de bleu, étaient éparpillées au petit bonheur, comme si un vent capricieux s'était chargé du parking. Une ambulance était garée de guingois au milieu de l'allée. Une vague de journalistes et de caméras déferla alors que Lisa sortait par la porte-fenêtre. Les projos s'allumèrent et les flashes crépitèrent. Elle passa au travers de la meute, attachée solidement à Simpson par des menottes et elle parvint à se retourner et à accrocher le regard de Gary. Il souriait.

Cinq mois plus tard, la naissance du dernier des Leslie passa comme une lettre à la poste. Elle fut aussi facile qu'un tel moment peut l'être, avait assuré Helen. Ils appelèrent le garçon James. Helen était rentrée de la maternité depuis à peine une semaine lorsqu'ils reçurent une carte postale de Lisa. Elle représentait des skieurs évoluant en nocturne dans la station de Grouse Mountain, près de Vancouver :

L'Europe, c'était vraiment génial, j'adore être une étrangère. Mais le Canada, c'est encore autre chose. J'ai skié jusqu'à dix heures la nuit dernière à Grouse Mountain. C'était extraordinaire. J'aimerais bien revenir ici un jour, y vivre peut-être.

À bientôt, amour et câlins, Lisa.
XXX

DU MÊME AUTEUR

Aux Éditions Gallimard

Dans la collection Folio Policier

TUEUR D'ABORIGÈNES, *n° 394*, 2005 (Coédition L'écailler du Sud — Le fil invisible, 2003).

Aux Éditions Le fil invisible

NOUVEAUX RÊVES, 2003.

COLLECTION FOLIO POLICIER

Dernières parutions

174. Craig Holden	*Route pour l'enfer*
175. Nick Tosches	*Trinités*
176. Frederic H. Fajardie	*Clause de style*
177. Alain Page	*Tchao pantin*
178. Harry Crews	*La foire aux serpents*
179. Stéphanie Benson	*Un singe sur le dos*
180. Lawrence Block	*Un danse aux abattoirs*
181. Georges Simenon	*Les sœurs Lacroix*
182. Georges Simenon	*Le cheval Blanc*
183. Albert Simonin	*Touchez pas au grisbi !*
184. Jean-Bernard Pouy	*Suzanne et les ringards*
185. Pierre Siniac	*Les monte-en-l'air sont là !*
186. Robert Stone	*Les guerriers de l'enfer*
187. Sylvie Granotier	*Sueurs chaudes*
188. Boileau-Narcejac	*Et mon tout est un homme*
189. A.D.G.	*On n'est pas des chiens*
190. Jean Amila	*Le boucher des Hurlus*
191. Robert Sims Reid	*Cupide*
192. Max Allan Collins	*La mort est sans remède*
193. Jean-Bernard Pouy	*Larchmütz 5632*
194. Jean-Claude Izzo	*Total Khéops*
195. Jean-Claude Izzo	*Chourmo*
196. Jean-Claude Izzo	*Solea*
197. Tom Topor	*L'orchestre des ombres*
198. Pierre Magnan	*Le tombeau d'Helios*
199. Thierry Jonquet	*Le secret du rabbin*
200. Robert Littell	*Le fil rouge*
201. Georges Simenon	*L'aîné des Ferchaux*
202. Patrick Raynal	*Le marionnettiste*
203. Didier Daeninckx	*La repentie*
205. Charles Williams	*Le pigeon*
206. Francisco González Ledesma	*Les rues de Barcelone*

207. Boileau-Narcejac *Les louves*
208. Charles Williams *Aux urnes, les ploucs !*
209. Larry Brown *Joe*
210. Pierre Pelot *L'été en pente douce*
211. Georges Simenon *Il pleut bergère...*
212. Thierry Jonquet *Moloch*
213. Georges Simenon *La mauvaise étoile*
214. Philip Lee Williams *Coup de chaud*
215. Don Winslow *Cirque à Piccadilly*
216. Boileau-Narcejac *Manigances*
217. Oppel *Pirana matador*
218. Yvonne Besson *Meurtres à l'antique*
219. Michael Dibdin *Derniers feux*
220. Norman Spinrad *En direct*
221. Charles Williams *Avec un élastique*
222. James Crumley *Le canard siffleur mexicain*
223. Henry Farrell *Une belle fille comme moi*
224. David Goodis *Tirez sur le pianiste !*
225. William Irish *La sirène du Mississippi*
226. William Irish *La mariée était en noir*
227. José Giovanni *Le trou*
228. Jerome Charyn *Kermesse à Manhattan*
229. A.D.G. *Les trois Badours*
230. Paul Clément *Je tue à la campagne*
231. Pierre Magnan *Le parme convient à Laviolette*
232. Max Allan Collins *La course au sac*
233. Jerry Oster *Affaires privées*
234. Jean-Bernard Pouy *Nous avons brûlé une sainte*
235. Georges Simenon *La veuve Couderc*
236. Peter Loughran *Londres Express*
237. Ian Fleming *Les diamants sont éternels*
238. Ian Fleming *Moonraker*
239. Wilfrid Simon *La passagère clandestine*
240. Edmond Naughton *Oh ! collègue*
241. Chris Offutt *Kentucky Straight*
242. Ed McBain *Coup de chaleur*
243. Raymond Chandler *Le jade du mandarin*
244. David Goodis *Les pieds dans les nuages*
245. Chester Himes *Couché dans le pain*
246. Élisabeth Stromme *Gangraine*
247. Georges Simenon *Chemin sans issue*

248. Paul Borelli *L'ombre du chat*
249. Larry Brown *Sale boulot*
250. Michel Crespy *Chasseurs de tête*
251. Dashiell Hammett *Papier tue-mouches*
252. Max Allan Collins *Mirage de sang*
253. Thierry Chevillard *The Bad Leitmotiv*
254. Stéphanie Benson *Le loup dans la lune bleue*
255. Jérome Charyn *Zyeux-bleus*
256. Jim Thompson *Le lien conjugal*
257. Jean-Patrick Manchette *Ô dingos, ô châteaux !*
258. Jim Thompson *Le démon dans ma peau*
259. Robert Sabbag *Cocaïne blues*
260. Ian Rankin *Causes mortelles*
261. Ed McBain *Nid de poulets*
262. Chantal Pelletier *Le chant du bouc*
263. Gérard Delteil *La confiance règne*
264. François Barcelo *Cadavres*
265. David Goodis *Cauchemar*
266. John D. MacDonald *Strip-tilt*
267. Patrick Raynal *Fenêtre sur femmes*
268. Jim Thompson *Des cliques et des cloaques*
269. Lawrence Block *Huit millions de façons de mourir*
270. Joseph Bialot *Babel-Ville*
271. Charles Williams *Celle qu'on montre du doigt*
272. Charles Williams *Mieux vaut courir*
273. Ed McBain *Branle-bas au 87*
274. Don Tracy *Neiges d'antan*
275. Michel Embareck *Dans la seringue*
276. Ian Rankin *Ainsi saigne-t-il*
277. Bill Pronzini *Le crime de John Faith*
278. Marc Behm *La Vierge de Glace*
279. James Eastwood *La femme à abattre*
280. Georg Klein *Libidissi*
281. William Irish *J'ai vu rouge*
282. David Goodis *Vendredi 13*
283. Chester Himes *Il pleut des coups durs*
284. Guillaume Nicloux *Zoocity*
285. Lakhdar Belaïd *Sérail killers*
286. Caryl Férey *Haka*
287. Thierry Jonquet *Le manoir des immortelles*
288. Georges Simenon *Oncle Charles s'est enfermé*

289. Georges Simenon — *45° à l'ombre*
290. James M. Cain — *Assurance sur la mort*
291. Nicholas Blincoe — *Acid Queen*
292. Robin Cook — *Comment vivent les morts*
293. Ian Rankin — *L'ombre du tueur*
294. François Joly — *Be-bop à Lola*
295. Patrick Raynal — *Arrêt d'urgence*
296. Craig Smith — *Dame qui pique*
297. Bernhard Schlink — *Un hiver à Mannheim*
298. Francisco González Ledesma — *Le dossier Barcelone*
299. Didier Daeninckx — *12, rue Meckert*
300. Dashiell Hammett — *Le grand braquage*
301. Dan Simmons — *Vengeance*
302. Michel Steiner — *Mainmorte*
303. Charles Williams — *Une femme là-dessous*
304. Marvin Albert — *Un démon au paradis*
305. Fredric Brown — *La belle et la bête*
306. Charles Williams — *Calme blanc*
307. Thierry Crifo — *La ballade de Kouski*
308. José Giovanni — *Le deuxième souffle*
309. Jean Amila — *La lune d'Omaha*
310. Kem Nunn — *Surf City*
311. Matti Y. Joensuu — *Harjunpäa et l'homme-oiseau*
312. Charles Williams — *Fantasia chez les ploucs*
313. Larry Beinhart — *Reality show*
315. Michel Steiner — *Petites morts dans un hôpital psychiatrique de campagne*
316. P.J. Wolfson — *À nos amours*
317. Charles Williams — *L'ange du foyer*
318. Pierre Rey — *L'ombre du paradis*
320. Carlene Thompson — *Ne ferme pas les yeux*
321. Georges Simenon — *Les suicidés*
322. Alexandre Dumal — *En deux temps, trois mouvements*
323. Henry Porter — *Une vie d'espion*
324. Dan Simmons — *L'épée de Darwin*
325. Colin Thibert — *Noël au balcon*
326. Russel Greenan — *La reine d'Amérique*
327. Chuck Palahniuk — *Survivant*
328. Jean-Bernard Pouy — *Les roubignoles du destin*
329. Otto Friedrich — *Le concasseur*

330. François Muratet	*Le Pied-Rouge*
331. Ridley Pearson	*Meurtres à grande vitesse*
332. Gunnar Staalesen	*Le loup dans la bergerie*
333. James Crumley	*La contrée finale*
334. Matti Y. Joensuu	*Harjunpää et les lois de l'amour*
335. Sophie Loubière	*Dernier parking avant la plage*
336. Alessandro Perissinotto	*La chanson de Colombano*
337. Christian Roux	*Braquages*
338. Gunnar Staalesen	*Pour le meilleur et pour le pire*
339. Georges Simenon	*Le fils Cardinaud*
340. Tonino Benacquista	*Quatre romans noirs*
341. Richard Matheson	*Les seins de glace*
342. Daniel Berkowicz	*La dernière peut-être*
343. Georges Simenon	*Le blanc à lunettes*
344. Graham Hurley	*Disparu en mer*
345. Bernard Mathieu	*Zé*
346. Ian Rankin	*Le jardin des pendus*
347. John Farris	*Furie*
348. Carlene Thompson	*Depuis que tu es partie*
349. Luna Satie	*À la recherche de Rita Kemper*
350. Kem Nunn	*La reine de Pomona*
351. Chester Himes	*Dare-dare*
352. Joe R. Lansdale	*L'arbre à bouteilles*
353. Peppe Ferrandino	*Le respect*
354. Davis Grubb	*La nuit du chasseur*
355. Georges Simenon	*Les Pitard*
356. Donald Goines	*L'accro*
357. Colin Bateman	*La bicyclette de la violence*
358. Staffan Westerlund	*L'institut de recherches*
359. Matilde Asensi	*Iacobus*
360. Henry Porter	*Nom de code : Axiom Day*
361. Colin Thibert	*Royal Cambouis*
362. Gunnar Staalesen	*La Belle dormit cent ans*
363. Don Winslow	*À contre-courant du Grand Toboggan*
364. Joe R. Lansdale	*Bad Chili*
365. Christopher Moore	*Un blues de coyote*
366. Joe Nesbø	*L'homme chauve-souris*
367. Jean-Bernard Pouy	*H4Blues*
368. Arkadi et Gueorgui Vaïner	*L'Évangile du bourreau*

369. Staffan Westerlund — *Chant pour Jenny*
370. Chuck Palahniuk — *Choke*
371. Dan Simmons — *Revanche*
372. Charles Williams — *La mare aux diams*
373. Don Winslow — *Au plus bas des Hautes Solitudes*
374. Lalie Walker — *Pour toutes les fois*
375. Didier Daeninckx — *La route du Rom*
376. Yasmina Khadra — *La part du mort*
377. Boston Teran — *Satan dans le désert*
378. Giorgio Todde — *L'état des âmes*
379. Patrick Pécherot — *Tiuraï*
380. Henri Joseph — *Le paradis des dinosaures*
381. Jean-Bernard Pouy — *La chasse au tatou dans la pampa argentine*
382. Jean-Patrick Manchette — *La Princesse du sang*
383. Dashiell Hammett — *L'introuvable*
384. Georges Simenon — *Touriste de bananes*
385. Georges Simenon — *Les noces de Poitiers*
386. Carlene Thompson — *Présumée coupable*
387. John Farris — *Terreur*
388. Manchette-Bastid — *Laissez bronzer les cadavres !*
389. Graham Hurley — *Coups sur coups*
390. Thierry Jonquet — *Comedia*
391. George P. Pelecanos — *Le chien qui vendait des chaussures*
392. Ian Rankin — *La mort dans l'âme*
393. Ken Bruen — *R&B. Le gros coup*
394. Philip McLaren — *Tueur d'aborigènes*
395. Eddie Little — *Encore un jour au paradis*
396. Jean Amila — *Jusqu'à plus soif*
397. Georges Simenon — *L'évadé*
398. Georges Simenon — *Les sept minutes*
399. Leif Davidsen — *La femme de Bratislava*
400. Batya Gour — *Meurtre sur la route de Bethléem*
401. Lamaison-Sophocle — *Œdipe roi*
402. Chantal Pelletier — *Éros et Thalasso*
403. Didier Daeninckx — *Je tue il...*
404. Thierry Jonquet — *Du passé faisons table rase*
405. Patrick Pécherot — *Les brouillards de la Butte*
406. Romain Slocombe — *Un été japonais*
407. Joe R. Lansdale — *Les marécages*

408.	William Lashner	*Vice de forme*
409.	Gunnar Staalesen	*La femme dans le frigo*
410.	Franz-Olivier Giesbert	*L'abatteur*
411.	James Crumley	*Le dernier baiser*
412.	Chuck Palahniuk	*Berceuse*
413.	Christine Adamo	*Requiem pour un poisson*
414.	James Crumley	*Fausse piste*
415.	Cesare Battisti	*Les habits d'ombre*
416.	Cesare Battisti	*Buena onda*
417.	Ken Bruen	*Delirium tremens*
418.	Jo Nesbo	*Les cafards*
419.	Batya Gour	*Meurtre au Kibboutz*
420.	Jean-Claude Izzo	*La trilogie Fabio Montale*
421.	Douglas Kennedy	*Cul-de-sac*
422.	Franco Mimmi	*Notre agent en Judée*
423.	Caryl Férey	*Plutôt crever*
424.	Carlene Thompson	*Si elle devait mourir*
425.	Laurent Martin	*L'ivresse des dieux*
426.	Georges Simenon	*Quartier nègre*
427.	Jean Vautrin	*À bulletins rouges*
428.	René Fregni	*Lettre à mes tueurs*
429.	Lalie Walker	*Portées disparues*
430.	John Farris	*Pouvoir*
431.	Graham Hurley	*Les anges brisés de Somerstown*
432.	Christopher Moore	*Le lézard lubrique de Melancholy Cove*
433.	Dan Simmons	*Une balle dans la tête*
434.	Franz Bartelt	*Le jardin du Bossu*
435.	Reiner Sowa	*L'ombre de la Napola*
436.	Giorgio Todde	*La peur et la chair*
437.	Boston Teran	*Discovery Bay*
438.	Bernhard Schlink	*Le nœud gordien*
439.	Joseph Bialot	*Route Story*
440.	Martina Cole	*Sans visage*
441.	Thomas Sanchez	*American Zazou*
442.	Georges Simenon	*Les clients d'Avrenos*
443.	Georges Simenon	*La maison des sept jeunes filles*
444.	J.-P. Manchette & B.-J. Sussman	*L'homme au boulet rouge*
445.	Gerald Petievich	*La sentinelle*

Composition Interligne
Impression Novoprint à Barcelone,
le 15 mai 2007
Dépôt légal : mai 2007
1er dépôt légal dans la collection : novembre 2005
ISBN 978-2-07-031425-6. / Imprimé en Espagne.

153116